NAME: Justus Jonas
FUNKTION: Erster Detektiv
FRAGEZEICHENFARBE: weiß
BESONDERE MERKMALE: das Superhirn der drei ???; Meister der Analyse und Wortakrobatik; erstaunlich schneller Schwimmer; zu Hause auf dem Schrottplatz von Tante Mathilda und Onkel Titus; zupft beim Nachdenken an seiner Unterlippe
IST FAN VON: Tante Mathildas Kirschkuchen und Denksport aller Art

NAME: Peter Shaw
FUNKTION: Zweiter Detektiv
FRAGEZEICHENFARBE: blau
BESONDERE MERKMALE: für körperliche Herausforderungen immer zu haben, dafür kein Ass in der Schule; großer Tierfreund; Spezialist für Schlösser aller Art, die seinem Dietrichset einfach nicht standhalten können; neigt zu Vorsicht und Aberglauben
IST FAN VON: schnellen Autos (insbesondere seinem MG), der südkalifornischen Sonne, so ziemlich jeder Sportart

Die drei ???

Die drei ???
und der Jadekönig

erzählt von André Marx

Kosmos

Umschlagillustration von Silvia Christoph, Berlin
Umschlaggestaltung von eStudio Calamar, Girona, auf der Grundlage der Gestaltung von Aiga Rasch (9. Juli 1941 – 24. Dezember 2009)

MIX
Papier aus verantwortungsvollen Quellen
FSC® C014496

Gedruckt auf chlorfrei gebleichtem Papier

ISBN 978-3-440-16050-3
Redaktion: Anne Pagel
Lektorat: Nina Schiefelbein
Produktion, Layout und Satz: DOPPELPUNKT, Stuttgart
Druck und Bindung: GGP Media GmbH, Pößneck
Printed in Germany / Imprimé en Allemagne

Die drei ???
und der Jadekönig

In Trümmern

»Oh Gott, Bob, was machen wir denn jetzt bloß?« Peter sah sich ratlos um. Die Lage war dramatisch. Alles war verwüstet. Was noch vor wenigen Stunden der einladende Wohnraum einer Luxusvilla gewesen war, mit Designerstühlen, edlen Polstermöbeln, einem gigantischen Panoramafenster, Gemälden an der Wand und einem riesigen Aquarium in der Raummitte, glich nun einem Schlachtfeld.

Ein ovaler Glastisch war in tausend Teile zerbrochen. Im Panoramafenster klaffte ein riesiges Loch. Überall lagen nasse, zerfledderte Bücher, herausgerissen aus dem mächtigen Regal, das umgestürzt war und einen Sessel zertrümmert hatte. Nicht alles davon ging auf Peters und Bobs Konto. Das Netz aus Rissen, das den großen Flachbildschirm an der Wand zierte, aber schon.

»Tja«, sagte Bob und kratzte sich ratlos am Kopf. »Wenn der Hausherr zurückkommt, trifft ihn wahrscheinlich glatt der Schlag.«

»Und wenn wir einfach abhauen?«, überlegte Peter laut – und schüttelte sogleich den Kopf. Nein, das ging nicht. Schließlich war er hier eingebrochen. Er musste geradestehen für das, was passiert war. Er trat von einem Bein aufs andere. Der Teppich unter seinen Füßen gab dabei quatschende Geräusche von sich. Bestimmt handgeknüpfte Seide oder so etwas, er sah jedenfalls sehr teuer aus. Nun war er ruiniert. Wäre nur ein bisschen Wasser darauf ausgelaufen, wäre er vielleicht zu retten gewesen. Aber es war fast der komplette Inhalt des

Aquariums gewesen. Mit allem, was darin schwamm. Gemeinsam hatten Bob und Peter wenigstens die Fische retten können. Aber würde das den Schock des Eigentümers mindern? Vermutlich nicht.
Ein kaltblaues Licht wanderte über die Wände, als unten auf der einsamen Bergstraße ein Taxi vorfuhr. Ein Mann im dunkelblauen Anzug stieg aus. Der Schein der Straßenlaterne ließ sein dunkles Haar glänzen. Mit alarmiertem Blick kam er zum Haus hinaufgelaufen.
»Wenn man vom Teufel spricht«, sagte Bob. »Das muss Mr Sterling sein.«
»Oh nein«, murmelte Peter und ihm wurde leicht übel. »Wie sollen wir ihm bloß all das hier erklären?«
Da stand der Mann bereits in der Tür. Er war groß und schlank, sah aus, als käme er frisch vom Friseur, und trug einen akkuraten kurzen Vollbart, in dem sich erste weiße Haare zeigten.
Mr Sterling starrte Bob an, dann starrte er Peter an, dann flog sein Blick durch den zertrümmerten Wohnraum. Sterling wurde bleich. »Was ist denn hier passiert? Wer seid ihr?«
»Mr Sterling«, begann Peter, »es ist nicht so, wie es aussieht!«
»Meine Fische!« Sterling lief zu dem kaputten Aquarium, das noch ein wenig Wasser enthielt.
»Wir haben alle gerettet!«, beeilte sich Peter zu sagen, froh über die gute Nachricht, die er verkünden konnte.
»Meine Bilder!«
Die meisten lagen verstreut auf dem Boden herum. Einige hatten Risse.
»Wer seid ihr?«, wiederholte Sterling, und diesmal lag blankes Entsetzen in seinen Augen.

»Bitte beruhigen Sie sich, Sir«, versuchte es Bob. »Mein Name ist Bob Andrews und das ist Peter Shaw.«
»Was habt ihr hier zu suchen?« Sterling war nun fast hysterisch. »Wart ihr das?«
»Das ist eine lange Geschichte.«
»Dann raus damit!«
Peter seufzte. »Also, das war so …«
Doch plötzlich flackerte es rot-blau durch das Fenster. Unten auf der Straße hielten zwei Polizeiautos.
»Die Polizei!«, stellte Sterling fest – es war nicht ganz klar, ob er darüber erleichtert war oder noch entsetzter als ohnehin schon.
Durch das zerstörte Panoramafenster beobachteten sie, wie drei Polizisten ausstiegen und auf das Haus zukamen.
»Oh nein!«, keuchte Bob, als er den Mann an der Spitze erkannte.
»Was ist?«, fragte Peter.
»Es ist Inspektor Kershaw!«
Die Polizisten traten durch die offene Haustür: eine Frau und ein Mann, angeführt von dem Inspektor, mit dem es die drei ??? schon ein paar Mal zu tun gehabt hatten. Kershaw war die – den Jungen nicht gerade wohlgesinnte – Vertretung von Inspektor Cotta, ihrem Vertrauten bei der Polizei in Rocky Beach, der Stadt, in der die Jungen wohnten. Sie waren allerdings nicht in Rocky Beach, sondern in Beverly Hills. Vielleicht vertrat Kershaw hier auch jemanden.
»Inspektor Kershaw«, stellte der Officer sich knapp dem Hausherrn vor und hielt ihm seine Dienstmarke unter die Nase. »Das sind meine Kollegen Hunter und Wang. Auf dem

Präsidium ist der automatische Notruf Ihrer Alarmanlage eingegangen.«
»Mein Name ist Gavin Sterling. Ich wohne hier. Ich bin Schriftsteller und hatte gerade eine Lesung in der Stadt, als mein Handy Alarm schlug. Die Alarmanlage ist so programmiert, dass sie, wenn sie ausgelöst wird, eine Nachricht an die Polizei und an mich schickt.«
Kershaw nickte. »Es ist also eingebrochen worden, nehme ich an. Und das sind Ihre Söhne?«
»Nein! Das sind die Einbrecher!«
»Das stimmt so nicht«, widersprach Peter.
Kershaw wandte sich an die Jungen. Und erst jetzt erkannte er sie. »Ach, wen haben wir denn da! Die drei ???. Nein, anscheinend nur zwei. Wo ist denn euer oberschlauer Anführer?«
»Keine Ahnung«, sagte Bob einsilbig. Er hatte wenig Lust, Kershaw irgendwas zu erklären.
»Sie kennen diese Burschen?«, fragte Sterling verwundert.
Der Inspektor wollte gerade etwas sagen, als er auf dem nassen Teppich ins Rutschen kam. Erst jetzt nahm er die Zerstörung wahr, die um ihn herum herrschte. Einen Augenblick lang stand ihm der Mund offen. »Was ist denn hier passiert? Wart ihr das etwa?«
»Nein!«, rief Peter.
»Na ja ...«, sagte Bob gleichzeitig.
»Es ist nicht so, wie es aussieht«, sagte Peter ein weiteres Mal.
Ein triumphierendes Lächeln schlich sich auf Kershaws Gesicht. Er kostete den Moment sichtlich aus. »Da haben sich die Herrschaften ja eine Menge Ärger eingebrockt. Es wurde auch Zeit, dass ihr mal auf frischer Tat ertappt werdet!«

»Verzeihung«, meldete sich Sterling erneut zu Wort, »*wer* sind diese Jungen?«
»Kriminelle, die der Polizei seit längerer Zeit bekannt sind«, sagte Kershaw.
»Das stimmt nicht!«, protestierte Peter.
»Ihr seid also nicht hier eingebrochen?«, wollte Sterling sich versichern.
Peter seufzte. »Doch. Aber –«
»Sehen Sie! Kriminelle!«
Von der Tür her erklangen Schritte. Alle drehten sich um.
»Und da ist auch schon der dritte Übeltäter«, sagte Kershaw erfreut.
»Justus!«, rief Bob. »Da bist du ja!«
»Wer ist denn das nun wieder?«, fragte Sterling verzweifelt.
Justus sah sich erschrocken um. »Was ist denn hier passiert?«
»Als ob du das nicht wüsstest«, lachte Kershaw.
»Ich habe wirklich keine Ahnung.« Justus konnte seinen Blick nicht von dem Chaos um ihn herum abwenden.
»Das dürfte dann wohl das Ende eurer albernen Möchtegernkarriere sein«, verkündete Kershaw erfreut.
»Wir sind unschuldig!« Jetzt wurde Peter laut. »Das waren diese Kerle! Und es gab einen Kampf!«
»Kerle? Was für Kerle?«, fragte Mr Sterling.
»Na, so Typen, die –«
»Die du dir gerade ausdenkst, um deinen Kopf aus der Schlinge zu ziehen«, fiel Kershaw dem Zweiten Detektiv ins Wort. »Netter Versuch.«
Justus räusperte sich. »Wenn ich auch etwas zur Faktenanalyse beitragen –«

»Nichts da!«, unterbrach der Inspektor ihn unwirsch. »Du verdrehst nur alles mit deinem schlauen Gequatsche.«
»Inspektor Kershaw«, meldete sich seine Kollegin zu Wort, »sollen wir vielleicht inzwischen mit der Spurensicherung beginnen?«
»Gute Idee, Hunter. Verschaffen Sie sich erst mal einen Überblick. Womöglich haben diese drei Rotzbengel im ganzen Haus gewütet.«
»Nein!«, sagte nun Mr Sterling laut und trat entschlossen einen Schritt vor. Alle verstummten und blickten den Hausherrn überrascht an. Der hatte seine Fassung wiedergewonnen. Er straffte seinen maßgeschneiderten Anzug und hob energisch den Kopf. »Verstehen Sie mich bitte nicht falsch, Herr Inspektor, aber Ihr Verhältnis zu diesen drei Jungen scheint Ihre Arbeit gerade sehr zu beeinflussen. Es wäre mir recht, wenn Ihre Leute und Sie jetzt gingen.«
»Verzeihung?«, fragte Kershaw, als hätte er sich verhört.
»Ich danke Ihnen, dass Sie so schnell gekommen sind. Aber ich würde mir gern zunächst selbst einen Überblick verschaffen. Dafür brauche ich Sie im Moment nicht. Gefahr scheint ja keine mehr zu bestehen.«
Kershaw räusperte sich. »Mr Sterling. Sie sind aufgewühlt. Lassen Sie mich Ihnen die Situation erklären: Sie wurden Opfer eines Einbruchs. Und diese drei Bengel hier –«
»Ich bin mir der Situation durchaus bewusst, Herr Inspektor. Aber ich würde gern selbst mit den Jungen sprechen.«
»Ich halte das für keine gute Idee.«
»Das brauchen Sie auch nicht. Vielen Dank für Ihr schnelles Handeln. Ich begleite Sie noch zur Tür.«

Doch so schnell ließ Kershaw sich nicht abwimmeln. »Sie machen einen Fehler, Mr Sterling. Ich kenne die drei! Sie sind ständig in krumme Dinger verwickelt. Sie sollten unbedingt Anzeige gegen sie erstatten!«

»Das werde ich zu gegebener Zeit tun, wenn ich davon überzeugt bin, dass sie die Schuldigen sind. Und nun bitte ich Sie, zu gehen.«

Kershaw wollte zu weiterem Protest ansetzen, überlegte es sich dann aber anders. Er ging zur Tür und bedeutete seinen Kollegen mit einem knappen Nicken, ihm zu folgen. Den drei Detektiven warf er einen letzten zornigen Blick zu. »Wir sehen uns noch!«, versprach er.

Die drei Polizisten verließen das Haus. Sterling sah ihnen durch das Fenster hinterher, bis sie losgefahren waren. Dann drehte er sich zu Justus, Peter und Bob um, die noch immer ratlos im Raum standen. »Und nun zu euch. Glaubt nicht, ich hätte die Polizisten euch zuliebe weggeschickt. Aber dieser Herr Inspektor hatte euch offensichtlich auf dem Kieker, wie man so schön sagt. Und er gefiel sich in seiner selbstgerechten Rolle viel zu gut. Ich mag solche Menschen nicht. Aber das heißt nicht automatisch, dass ich euch mag und dass ich euch nicht anzeigen werde.« Sein Blick wurde durchdringend. »Ob ich das tue oder nicht, hängt ganz allein von dem ab, was ihr mir nun erzählt. Und ich warne euch: Ich kann sehr ungemütlich werden, wenn man mir nicht die Wahrheit sagt. Haben wir uns verstanden?«

Die drei Detektive nickten.

»Gut. Setzt euch da hin.« Mr Sterling deutete auf ein riesiges Sofa, eines der wenigen unversehrten Möbelstücke im Raum.

Dann baute er sich Ehrfurcht gebietend vor ihnen auf, verschränkte die Arme und blickte die Jungen nacheinander an.
»Ich will jetzt wissen, was hier passiert ist. Seid ihr hier eingebrochen?«
»Ich«, bekannte der Zweite Detektiv. »Ich bin eingebrochen. Aber ich wusste nicht, dass ich einbreche! Jock hat mir nicht gesagt, dass es ein Einbruch ist.«
»Aha. Jock hat es dir also nicht gesagt.« Sterling wandte sich an Bob und Justus. »Wer von euch beiden ist Jock?«
»Keiner von uns, Sir«, antwortete Justus.
»Ich verstehe nicht.«
»Natürlich nicht, Mr Sterling«, sagte Peter. »Ich muss die ganze Geschichte erzählen. Von Anfang an.«
»Ich bitte darum.«
»Also gut«, sagte Peter.
Und dann erzählte er. Von Anfang an.

Der Anfang

Als Peter aus seinem MG stieg und sein Skateboard unter den Arm klemmte, drang schon das beständige Rauschen von Kunststoffrollen auf Beton an sein Ohr. Der kleine Skatepark von Rocky Beach war gut besucht. Einige Skater kannte Peter mit Namen, andere vom Sehen. Jock, den er erst vor ein paar Tagen hier kennengelernt hatte, sauste gerade durch die Halfpipe. Es hatte sich sogar eine kleine Zuschauertraube gebildet. Peter drehte erst mal ein paar entspannte Runden durch die Bowl, bevor er sich zur Handrail begab. Dort war wenig los. Der Zweite Detektiv legte seine Knie- und Ellbogenschützer an, stellte den linken Fuß auf sein Skateboard und gab mit dem rechten Schwung. Er sauste auf die Handrail zu. Jetzt nur nicht zu schnell werden! Er ging in die Knie, trat auf den Tail und ließ das Board in die Luft schnellen. Treffsicher erwischte er die Rail. Doch anstatt auf ihr hinabzugleiten, krachte es plötzlich unter seinen Füßen und das Board kippte weg. Noch ehe Peter begriff, wie ihm geschah, stürzte er ab und schlug hart auf dem Betonboden auf.

Die Knie- und Ellbogenschützer hatten seinen Sturz zum Glück abgefedert. Er war unverletzt. Aber das Skateboard war hinüber – durchgebrochen! »Das gibt's ja wohl nicht«, presste Peter wütend hervor.

Ein Schatten legte sich über ihn. Der Zweite Detektiv blinzelte hinauf in Jocks breit grinsendes Gesicht. »Alle Achtung. Nach allen Regeln der Kunst geschrottet.« Jock trug eine leicht verunglückte Cornrow-Frisur mit dutzenden dicht an der Kopfhaut geflochtenen Zöpfen, die sich am Hinterkopf in eine wilde blonde Mähne auflösten. Sein durchtrainierter Körper steckte in einer weiten Hose und einem schlabberigen T-Shirt. Knieschützer trug er nicht, das wäre wahrscheinlich gegen seine Ehre gewesen, denn er war ein ziemlich guter Skater. Viel besser als Peter auf jeden Fall.

Jock streckte die Hand aus und Peter ließ sich aufhelfen. Gemeinsam sahen sie sich das zerbrochene Board an.

»Das ist durch«, bemerkte Jock.

»Was du nicht sagst.« Peter war wütend. »Das Brett war neu! Fast jedenfalls.«

»Ja, aber es ist halt eine Billigmarke.«

»Für mehr hat's nicht gereicht«, knurrte Peter. »Das war es fürs Erste mit dem Skaten.«

»Ich habe noch ein Supreme Wizard Shortboard zu Hause. Fahre ich nie mit. Kannst du haben, wenn du willst. Für zwanzig?«

Peter runzelte die Stirn. »Du hast ein Supreme Wizard zu Hause rumstehen und willst es mir für zwanzig Dollar verkaufen!? Das ist ein supercooles Board!«

»Ich weiß. Aber ich liebe nun mal mein altes Brett.« Er wies auf sein Skateboard, das schon ziemlich mitgenommen aussah. »Das Supreme steht nur zu Hause rum. Was ist? Kein Interesse?«

Peter zuckte die Schultern. »Doch. Schon. Ich guck's mir auf jeden Fall gerne mal an.«

Jock schaute auf seine Armbanduhr. »Ich muss sowieso los. Wenn du willst, kannst du gleich mitkommen. Hast du ein Auto, Peter?«

»Ja, allerdings spinnt es zurzeit. Es kann eine Weile dauern, bis es anspringt.«
»Das macht nichts. Hauptsache, es fährt noch. Wir müssen nämlich nach Beverly Hills.«
»Da wohnst du? Wie bist du denn hergekommen?«
»Mit Freunden. Aber die sind blöderweise schon weg. Kann man nichts machen.«
Peter runzelte die Stirn. Kurz kam ihm der Gedanke, dass Jock womöglich nur jemanden gesucht hatte, der ihn nach Hause brachte. Dass es gar kein Supreme Wizard gab. Schließlich kannte er Jock erst seit ein paar Tagen und ganz plötzlich tat er so, als wären sie beste Kumpels.
Doch dann wischte Peter seine Zweifel beiseite. Er nahm sein zerbrochenes Skateboard und stopfte es in einen in der Nähe stehenden Abfallcontainer. »Mein Wagen steht da drüben. Sollen wir?«

Peter unterbrach seine Erzählung, seufzte und kratzte sich am Kopf. »Ich hätte besser auf meine Zweifel gehört.« Er schaute zu Justus. »Aber ich dachte, das kommt bestimmt von dieser ständigen Detektivarbeit, dass ich niemandem mehr über den Weg traue. Und dass Jock bestimmt einfach nur ein netter Kerl ist.«
»Augenblick mal«, mischte Mr Sterling sich ein. »Was denn für Detektivarbeit?«
»Wir drei«, sagte Justus, »sind ein Detektivteam.«
»Ist das euer Ernst?«
Bob nickte. »Deshalb kannte uns auch Inspektor Kershaw. Wir sind ihm ein paar Mal bei Ermittlungen begegnet.«

»Er hat es so dargestellt, als wärt ihr ein polizeibekanntes Verbrechertrio.«

»Er findet es nicht gut, was wir machen«, erklärte Peter. »Dabei ist er nur neidisch auf unsere Erfolge.«

»Wie auch immer. Erzähl weiter!«

Der Zweite Detektiv atmete tief durch. »Wir fuhren also in meinem Wagen nach Beverly Hills.«

Während der Fahrt durch den warmen frühen Abend unterhielten sich Peter und Jock übers Skaten. Oder eher: Jock erzählte Peter, was für ein toller Skater er war und welche Fliptricks er draufhatte. Peter war schon bald genervt und hoffte auf eine Gelegenheit, selbst ein bisschen angeben zu können. Aber mit seinen zahllosen Abenteuern, die er bereits als Detektiv bestanden hatte, wollte er nicht prahlen. Das kam bei Leuten, die ihn nicht kannten, manchmal komisch an.

Nach einer halben Stunde erreichten sie ihr Ziel. Da Jock ihn die ganze Zeit gelotst hatte und es ziemlich kreuz und quer gegangen war, wusste Peter nicht, wo genau sie sich befanden. Irgendwo in den Bergen nördlich von Beverly Hills. Auf der letzten halben Meile war die Straße so steil gewesen, dass Peters MG sie nur im zweiten Gang geschafft hatte. Auf diesem Stück waren sie an keinem Haus mehr vorbeigekommen.

Hinter einer Kurve kam eine moderne Villa aus weiß getünchtem Beton und Glas zum Vorschein. Die Architektur war eigenwillig und verwirrend. Das Haus sah aus, als hätte jemand fünf oder sechs Schuhkartons ineinandergeschoben. Einsam thronte es am Hang. Die rot glühenden Wolken am Horizont spiegelten sich in den riesigen Fenstern.

»Da wären wir«, sagte Jock und Peter hielt am Straßenrand. »Sollte mein Wagen später wieder nicht anspringen, kann ich mich notfalls bis zur Hauptstraße runterrollen lassen.«
Jock öffnete die Beifahrertür.
»Pass auf den Abhang auf!«, warnte Peter. »Ich bin ein bisschen zu nahe an den Rand gefahren.« Direkt neben dem Auto ging es steil bergab.
Jock grinste. »Ich kenne mich hier aus, Peter.«
Der Zweite Detektiv sah sich um. Ein kleines Stück weiter parkte ein wuchtiger brauner Straßenkreuzer, ein alter Oldsmobile Cutlass. Sein Motor knackte, so als wäre das Auto gerade erst abgestellt worden. Vielleicht gehörte es Jocks Eltern. Peters Blick ging Richtung Küste. Santa Monica lag wie ein glitzerndes Schachbrett zwischen ihnen und dem Ozean am Horizont. »Schicke Aussicht«, bemerkte Peter. »Und eine schicke Hütte!«
»Ach, na ja«, murmelte Jock, als wollte er den Reichtum seiner Familie herunterspielen. Er nahm sein Skateboard unter den Arm und ging auf das Haus zu. Eine Granittreppe führte über einen bepflanzten Hang hinauf zum Eingang. Die Außenbeleuchtung ging automatisch an. Jock stellte das Board an der Wand ab und nestelte in seiner rechten Hosentasche herum. Dann in der linken. Er klopfte seine ganze Hose ab. Um sich schließlich mit der flachen Hand gegen die Stirn zu schlagen. »Ich Idiot!«
»Was ist? Hast du deinen Schlüssel verloren?«
»Nicht verloren. Ich weiß, wo er ist. In meinem Rucksack. Und der liegt bei meinem Kumpel Carl, mit dem ich heute zum Skatepark gefahren bin, im Auto.«

Peter seufzte. »Und jetzt? Willst du ihn anrufen?«
»Mein Telefon ist auch im Rucksack.«
Peter zog sein Handy aus der Tasche und reichte es ihm.
Jock schüttelte den Kopf. »Ich weiß doch die Nummer nicht auswendig.«
Peter steckte das Handy wieder ein. »Aber deine Eltern sind doch da, oder?«
Jock schüttelte den Kopf. »Die sind übers Wochenende weggefahren.«
»Habt ihr nicht irgendwo einen Zweitschlüssel deponiert?«
»War immer mein Vorschlag. Aber sie meinten, den würden die Einbrecher sofort finden.«
»Was für Einbrecher?«
»Irgendwelche Einbrecher halt.«
Peter witterte seine Chance, Jock zu beeindrucken. »Du hast Glück, Jock. Ich kann dir helfen.«
»Ach. Und wie? Willst *du* einbrechen?«
»Genau das. Es wäre natürlich nicht wirklich ein Einbruch. Schließlich wohnst du ja hier.«
»Und wie willst du das bewerkstelligen?«
»Ich öffne das Schloss.«
»Haha! Ich weiß nicht, ob es dir aufgefallen ist, Peter, aber das sind andere Schlösser als die zu deinem Kinderzimmer. Die bekommt man nicht mit einer Haarnadel auf.«
Peter bemühte sich, cool rüberzukommen. »Haarnadeln ... Ich habe Dietriche. Und Erfahrung.« Lässig zog er sein Dietrichset aus der Tasche.
»Na, wenn du meinst.« Jock trat beiseite. »Dann versuch mal dein Glück!«

Peter ging an die Arbeit. Es war tatsächlich ein kompliziertes Schloss. Außerdem hatte sich anscheinend irgendwann schon mal jemand daran zu schaffen gemacht. »Gab's bei euch mal einen Einbruch? Hier sind Kratzspuren am Schloss. Und ich habe das Gefühl, dass die Mechanik nicht mehr ganz rund läuft.«

»Klappt's nicht?«

Das könnte dir so passen, dachte Peter und konzentrierte sich. Versagen kam jetzt nicht infrage. Nach einer Minute vernahm er endlich ein verheißungsvolles Klicken. Peter drückte gegen den Türflügel, der schwang auf. »Bitte sehr!«, sagte er triumphierend, hob einladend den Arm und grinste.

Doch das Grinsen erlosch, als die Alarmanlage losschrillte.

Alarmiert

Peter schnappte nach Luft. Das Schrillen war ohrenbetäubend wie bei einem Rauchmelder. »Bist du irre!? Warum hast du mir nicht gesagt, dass es hier eine Alarmanlage gibt? Was machen wir denn jetzt? Wir –«

Jock lachte. »Keine Panik, Peter! Wir haben dreißig Sekunden, um sie auszuschalten, bevor ein Notruf bei der Polizei eingeht.« Er zeigte auf einen kleinen Bildschirm neben der Tür. Dort zählte ein warnend roter Countdown herunter.

»Und das soll mich beruhigen!? Jock, ich kann doch nicht in dreißig Sekunden –«

Jock tippte eine vierstellige Ziffernfolge in den Nummernblock unter dem Display. Der Alarm erstarb und der rote Countdown wurde durch ein beruhigendes grünes Okay-Häkchen ersetzt. »Ich wohne hier, schon vergessen?«

Peter atmete auf. »Ja, das … hatte ich tatsächlich kurz vergessen. Es fühlte sich irgendwie an … wie ein richtiger Einbruch.« Er lachte unsicher.

»Klingt so, als würdest du das öfter machen.«

Peter überlegte kurz, ob er Jock nun doch von den drei ??? erzählen sollte, entschied sich aber dagegen. »Eigentlich nicht.« Er seufzte. »Los, zeig mir das Supreme Wizard!«

»Ja, gleich. Muss erst mal was trinken. Willst du auch?« Jock schaltete das Licht ein und ein riesiger Raum schälte sich aus der Dunkelheit.

Peter sah sich staunend um. Das ganze Erdgeschoss war ein einziger Wohnraum, durch frei stehende Wände in verschiedene Bereiche unterteilt, zu denen jeweils ein paar Stufen hinauf- oder hinabführten. Hier eine Lounge mit chromglänzenden Freischwinger-Stühlen, dort eine kleine erhöhte Bar, gegenüber eine gemütliche Sitzecke mit monströsem Sofa vor einem offenen Kamin, der von Bücherregalen eingefasst war. Die Mitte des Raums wurde beherrscht von einem sanft beleuchteten, leise blubbernden Aquarium. Die reflektierenden Fenster auf allen Seiten trugen dazu bei, dass Peter sich vorkam wie in einem Spiegelsaal. Je nachdem, wie er sich drehte, sah er eine oder sogar mehrere Spiegelungen seiner selbst. Oder Spiegelungen der Spiegelungen. Es war faszinierend und verwirrend zugleich.

Jock trat an die Bar, öffnete einen hinter einer Mahagoniverkleidung versteckten Kühlschrank und warf Peter lässig eine kleine Flasche Cola zu.

Der Zweite Detektiv war so überrascht, dass er sie beinahe fallen ließ. »Vorsicht!« Er ging ebenfalls zur Bar, wo ein Flaschenöffner lag.

»Bin gleich wieder da«, verkündete Jock und stieg eine geländerlose Treppe hinauf ins Obergeschoss. Die Stufen aus glatt poliertem Holz ragten direkt aus der Wand.

Mit der Cola in der Hand ging Peter zum Aquarium. Viele Fische gab es nicht. Dafür waren die wenigen aber schön bunt. Der Zweite Detektiv schaute ihnen eine Weile zu, bevor er sich weiter im Raum umsah.

An den Wänden hingen Gemälde. Köpfe berühmter Personen, in den Ecken irgendwelche Zahlen. Die Ränder waren gezackt. Peter begriff, dass alle Bilder riesenhaft vergrößerte Briefmarken waren.

Im Bücherregal fand sich mehrere Male ein und dasselbe Buch, allerdings in verschiedenen Übersetzungen: *Das Tal der Verdammten* von Gavin Sterling. Peter vermutete, dass das Jocks Vater war. Anscheinend ein berühmter Schriftsteller. Mit einem Mal hatte er kein schlechtes Gefühl mehr bei dem Gedanken, Jock ein neues Skateboard für einen Bruchteil dessen abzukaufen, was es gekostet hatte.

Er trat an das riesige Panoramafenster. Inzwischen war das Rot des Himmels einem dunklen Blau gewichen und die Großstadt funkelte in der Ferne noch atemberaubender. Die Straße vor dem Haus hingegen lag im Dunkeln, von einer gelblichen Laterne abgesehen. Peters Blick fiel wieder auf den Oldsmobile Cutlass. Der schien doch nicht Jocks Eltern zu gehören, die waren ja nicht da.

»Ist das dein Auto da draußen, Jock?«, fragte er laut über die Schulter hinweg.

Doch Jock, der irgendwo im Obergeschoss war, hatte ihn anscheinend nicht gehört. Er war nun schon eine ganze Weile weg. Peter ging zur Treppe. Oben war alles dunkel. »Jock?«

Stufe für Stufe stieg der Zweite Detektiv empor. Schließlich lag ein Flur vor ihm, von dem einige Türen abzweigten. Eine war einen Spalt weit geöffnet. Ein Streifen Licht fiel in den Gang. Peter ging hin und sah hindurch – in ein Büro, ähnlich modern eingerichtet wie das Untergeschoss. Auch hier hingen Briefmarkenbilder an den Wänden. Im Schein einer hellen Tischlampe saß Jock am Schreibtisch und durchwühlte leise fluchend eine Schublade.

Peter beobachtete ihn nur einige Sekunden, bevor Jock plötzlich den Blick hob und ihn entdeckte. »Was schleichst du

denn da herum?« Langsam schloss er die Schublade. »Spionierst du mir etwa nach?«
»Was? Nein!« Peter trat durch die Tür. »Ich habe gerufen und mich nur gefragt, wo du steckst.«
»Ich sagte doch, ich bin gleich wieder da.«
»Was machst du denn hier?«
»Geht's dich was an?«
»Ich dachte, du wolltest mir das Skateboard –«
»Überlass das Denken mir«, schnappte Jock.
»Es ist nur ... Ich würde gern bald zurück nach Rocky Beach fahren. Was immer du da tust – kannst du das nicht machen, wenn ich weg bin?«
Jock senkte den Blick und entspannte seine Schultern. »Sorry, Peter. Ich bin gerade etwas genervt. Ich finde nämlich den Schlüssel nicht. Zur Garage. In der dein Skateboard steht.«
»Ach so. Sag das doch gleich!« Peter zog seine Dietriche aus der Tasche und ließ sie vor seinem Gesicht baumeln. »Die Garagentür bekomme ich in unter einer Minute auf. Wetten?«
Jock lachte. »Ach, lass mal. Wenn mein Vater mitbekommt, dass die aufgebrochen wurde, regt er sich tierisch auf.«
»Ich öffne doch bloß das Schloss. Das kann dein Vater gar nicht bemerken. Außerdem: Selbst wenn, dann –«
»Jetzt lass mich einfach mal fünf Minuten diesen Schlüssel suchen! Ich werde ja wohl wissen, wo mein Dad ihn am ehesten aufbewahrt. Ich wohne schließlich hier. Okay?«
Ja, dachte Peter. Im Grunde völlig okay.
Nur – wohnte Jock wirklich hier? Peter kamen Zweifel. Eine Reihe von Dingen erschien ihm plötzlich merkwürdig. Während er darüber nachdachte, fiel sein Blick auf einen kleinen

Stapel Bücher an der vorderen Ecke des Schreibtisches. Ratgeber über Geldanlagen. Auf dem obersten Band, *Umschulden schnell und einfach*, lag ein silberner Schlüssel. Peter entspannte sich. »Du meinst nicht zufällig den hier?«
Jock stand auf und nahm den Schlüssel an sich. »Wo kommt der denn auf einmal her?«
»Der lag hier. Ist es der richtige?«
Jock nickte verblüfft.
»Gut. Dann können wir ja jetzt runtergehen.«
»Ja, geh schon mal vor. Ich komme gleich.«
»Aber wir haben doch jetzt, was wir wollten.«
»Du kannst einem manchmal auf die Nerven gehen, Peter Shaw! Ich komme ja gleich!«
Der Zweifel kehrte zurück. Diesmal mit Macht. Peter war sich nämlich in einem Punkt sehr sicher: Er hatte Jock seinen Nachnamen nie genannt. Hier stimmte etwas nicht!

»Na endlich!«, unterbrach Mr Sterling Peters Erzählung. »Das hätte ich dir sofort sagen können, dass hier etwas nicht stimmt! Und jeder Idiot hätte spätestens bei dem vergessenen Hausschlüssel gemerkt, dass er gerade ausgenutzt wird! Von meinem *Sohn* – pah! Ich habe gar keine Kinder!«
»Das habe ich inzwischen auch kapiert, Mr Sterling. Aber woher sollte ich das zu dem Zeitpunkt wissen? Er kannte den Code für die Alarmanlage!«, verteidigte sich Peter.
»Ja, aber woher?«, rief Sterling. »Wieso kannte er sich hier so gut aus? Und woher wusste er von dem Schlüssel?«
»Ich nehme an, es handelt sich nicht um den Garagenschlüssel?«, meldete sich Justus zu Wort.

»Da nimmst du verdammt richtig an! Und jetzt erzähl weiter, Junge, ich will wissen, was das alles zu bedeuten hat!«
Peter atmete einmal tief durch. »Als Jock mich Peter Shaw nannte, war ich also endgültig alarmiert. Aber das wollte ich ihn nicht merken lassen, deshalb sagte ich einfach, ich würde unten auf ihn warten.«

Das Erdgeschoss war unübersichtlich mit seinen verschiedenen Ebenen. Doch es war ziemlich schnell klar, dass der Zugang zur Garage hinter der einzigen Tür liegen musste, die nicht nach draußen führte. Vielleicht versuchte Jock mit seiner Verzögerungstaktik, Peter von dieser Tür fernzuhalten. Wenn der Zweite Detektiv herausfinden wollte, was hier gespielt wurde, dann sollte er sie also öffnen.
Die Tür hatte ein ganz simples Knaufschloss wie erwartet. Er würde keine zwanzig Sekunden dafür brauchen. Doch als Peter sich an die Arbeit machte, merkte er schnell, dass gar nicht abgeschlossen war.
Sagte Jock überhaupt in irgendeinem Punkt die Wahrheit?
Der Zweite Detektiv wollte die Tür gerade öffnen, da sah er den Lichtstreifen, der unter ihr hindurchfiel – und in dieser Sekunde erlosch. Seine Hand verharrte am Knauf. Es war noch jemand hier!

Green British Nanda 2 Pence

So schnell und leise wie möglich eilte Peter wieder die Treppe hinauf. Jock war noch immer im Büro. Er betrachtete das Briefmarkengemälde an der Wand. »Was machst du denn schon wieder hier! Ich habe doch gesagt, ich –«

»Es ist jemand hier!«, zischte der Zweite Detektiv.

»Wie bitte?«

»Es ist jemand hier! Ich habe Licht unter der Tür zur Garage gesehen. Und jetzt ist es aus!«

Jock schüttelte den Kopf. »So ein Quatsch.«

»Nein, das ist kein Quatsch!«

Jock funkelte Peter wütend an, dann marschierte er an ihm vorbei in den Flur, die Treppe hinunter und zu der Tür. Der Zweite Detektiv folgte ihm.

»Da ist kein Licht«, sagte Jock.

»Schhht, nicht so laut! Es ist gerade eben ausgegangen, habe ich doch gesagt!«

»Unsinn.« Jock öffnete die Tür.

Dahinter lag keine Garage, sondern ein schmaler Flur, der nach rechts abzweigte. Mehr konnte Peter von seiner Position aus nicht erkennen. Jock trat in den Gang und schaltete das Licht ein. »Hier ist niemand.«

»Wohin geht's denn da?«, flüsterte Peter.

»Zum Bad, zum Keller und in den Abstellraum. Die Tür zur Garage ist ganz am Ende.« Jock war genervt. »Reicht das jetzt? Kann ich wieder nach oben gehen?«

»Willst du vorher nicht mal nachsehen, ob da jemand ist?«

Jock seufzte. »Du bist wirklich ein komischer Vogel, Peter. Aber wenn es dich beruhigt ...« Er ging zur ersten Tür und öffnete sie. »Auf dem Klo sitzt schon mal niemand! Und im Keller ...« Jock öffnete Tür Nummer zwei – und schrie auf! Eine Hand hatte ihn gepackt und zog ihn hinein. Die Kellertür knallte zu.
»Jock!« Peter machte reflexartig drei Schritte in den Flur – und blieb stehen. Was tat er hier? Er hatte keine Ahnung, wer hinter dieser Tür lauerte! Oder wie viele. Er würde sich nicht auf einen Kampf mit unbekannten Gegnern einlassen, sondern die Polizei rufen.
Er hastete zurück in den Wohnbereich, schlug die Flurtür zu und tastete nach seinem Handy. Es lag noch im Auto. Verflixt! Gab es hier im Haus ein Telefon? Bestimmt oben im Büro. Aber wenn er die Treppe hinauflief, saß er womöglich in der Falle. Nein, besser zum Wagen!
Peter rannte Richtung Haustür, doch in dem Moment ging draußen die Beleuchtung an. Vor der Tür war jemand, der den Bewegungsmelder ausgelöst hatte!
Blitzschnell suchte der Zweite Detektiv Deckung hinter der Bar. Keine Sekunde zu früh, denn im selben Augenblick erschien vor dem Fenster neben der Tür eine Gestalt! Ein gedrungener Mann, der eine schwarze wollene Skimaske trug. Unter buschigen Augenbrauen blickte er suchend durch die Scheibe, entdeckte Peter jedoch nicht.
Da klingelte das Handy des Mannes. Er holte es hervor und ging ran. Peter hörte seine Stimme durch das Glas nur gedämpft, doch er konnte ihn verstehen.
»Bist du bescheuert, Rick? Warum rufst du mich an? – Wie

bitte!? – Aber du hast ihn überwältigt, ja? Brauchst du Hilfe? – In Ordnung. – Nein, ich bin rausgegangen und schaue jetzt durchs Fenster. Kann den anderen Burschen im Wohnzimmer aber nicht entdecken. Hat sich wohl irgendwo verkrochen. Wir sind aufgeflogen. Aber ich gebe jetzt nicht auf. Wir schnappen uns den Jadekönig! – Keine Sorge, wenn es wirklich so ein Halbwüchsiger war, werde ich ja wohl mit ihm fertig. Bleib du mal schön bei deinem Bürschchen. Bis gleich!«

»Augenblick, Augenblick!«, unterbrach Mr Sterling Peters Erzählung. »Wir schnappen uns den ... was!?«
Peter schluckte. »Den Jadekönig. Sie werden wohl wissen, was das ist.«
»Das weiß ich in der Tat!« Gavin Sterling griff sich ins Haar und war mehr als verblüfft.
»Eine Figur aus diesem grünlichen Stein?«, fragte Peter.
»Nein, der Jadekönig ist keine Figur«, mischte sich Justus ein. »Sondern eine Briefmarke.«
»Eine ...? Ach.«
Justus sah ihn an. »Sie gehört zu den zehn wertvollsten Marken der Welt. Ihr offizieller Name lautet ›Green British Nanda 2 Pence‹. Sie war vor hundert Jahren in der ehemaligen britischen Kolonie Nanda in Afrika im Umlauf. Sie zeigt als Motiv das Porträt des damaligen englischen Königs George V. Die Marke wurde zunächst versehentlich in Grün gedruckt. Danach wurde sie in Blau ausgegeben, der ursprünglich gewünschten Farbe, weshalb die Marke in Grün heute eine große Seltenheit ist.«
»Ach«, sagte Peter noch einmal. Dass Justus bisweilen wie ein

wandelndes Lexikon daherkam, war nichts Neues. Trotzdem beeindruckte es Peter immer wieder.
»Woher *weißt* du das alles?«, fragte Sterling.
»Justus weiß generell alles«, bemerkte Bob.
Der Erste Detektiv winkte ab. »Längst nicht.«
»Aber ziemlich viel.«
»Mag sein. Der Jadekönig gehört jedoch eher zur Allgemeinbildung. Ich kenne ja auch die Blaue Mauritius oder die British Guayana oder die Red Mercury. Genau wie Sie, nehme ich an, Mr Sterling. Sie sind ein passionierter Sammler, nicht wahr? Die vergrößerten Drucke von berühmten Marken, mit denen Sie Ihre Wände geschmückt hatten, lassen auf eine große Fachkenntnis schließen. Möchten Sie uns vielleicht mehr über den Jadekönig erzählen?«
»Nein«, sagte Sterling schroff. »Ich möchte, dass Peter mehr über den Einbruch erzählt! Der Mann am Fenster sprach vom Jadekönig. Was geschah dann?«
»Dann legte er auf«, fuhr Peter fort. »Und kam rein. Die Tür war ja nicht mehr abgeschlossen.«

Der Maskenmann bewegte sich mit Bedacht. Unter seiner schwarzen Kleidung zeichneten sich Muskeln ab. Mit ihm war wahrscheinlich nicht zu spaßen.
»Komm raus, Bürschchen, dann passiert dir nichts!« Seine Stimme war tief und durch die Skimaske gedämpft. Er lispelte leicht. »Du willst doch deinem Freund helfen, oder?« Dank der spiegelnden Fenster konnte Peter mit ansehen, wie der Mann hinter das Sofa, das Aquarium und jede Säule blickte. Bald würde er ihn entdecken. Also wartete der Zweite Detek-

tiv, bis der Kerl sich auf der anderen Seite des Raumes befand, und rannte aus seinem Versteck auf die Tür zu.

Der Maskenmann grunzte wütend, doch da war Peter schon draußen. Er sprang die Stufen hinunter zur Straße und rannte zu seinem Wagen. Hatte er abgeschlossen? Ja, hatte er. Peter riss den Autoschlüssel aus der Hosentasche. Sein alter MG hatte keine Zentralverriegelung. Mit zitternden Fingern versuchte er, den Schlüssel ins Schloss zu bekommen, während der Kerl auf ihn zurannte.

Endlich ging die Tür auf! Peter sprang hinein und verschloss den Wagen von innen. Da stand der Mann auch schon neben dem MG und riss am Türgriff. Vergeblich.

»Nichts wie weg hier«, keuchte Peter und versuchte den Motor zu starten. Ebenfalls vergeblich. Der Wagen sprang nicht an. Schon wieder. Er saß in der Falle! Aber er hatte sein Handy. Peter riss es an sich und wählte den Notruf.

»L.A. Police Department, Sie haben den Notruf gewählt, bitte nennen Sie Ihren Namen und den Grund für Ihren Anruf.«

»Mein Name ist Peter Shaw!«, brüllte Peter ins Handy. »Und ich ... ich werde angegriffen! In meinem Auto! Von einem maskierten Kerl!«

»Wo sind Sie, Mr Shaw?«

»Ich bin ... in ...« Peter schluckte. Er hatte keine Ahnung, wo genau er war. »Irgendwo nördlich von Beverly Hills.«

»Nennen Sie mir bitte die genaue Anschrift, Sir!«

»Ich weiß es nicht! Hören Sie, ich –«

Weiter kam er nicht. Denn neben ihm explodierte die Seitenscheibe.

Peter schrie auf, als winzige Glassplitter in seinen Schoß regneten. Eine behandschuhte Hand griff nach ihm. Peter schlug sie beiseite und rutschte auf den Beifahrersitz. Der Maskenmann versuchte erneut, ihn zu packen, doch stattdessen ergriff Peter nun dessen Unterarm mit beiden Händen und zog seinerseits mit aller Kraft daran. Der Angreifer stieß mit dem Kinn auf das Autodach und stöhnte vor Schmerz.

Das beschäftigte ihn hoffentlich einen Moment.

Peter öffnete die Beifahrertür, das Handy fest umklammert, und wollte losrennen. Doch sein linker Fuß trat ins Leere.

Der Abhang! Peter hatte Jock bei ihrer Ankunft noch gewarnt, dass es gleich neben dem Auto steil bergab ging. Nun strauchelte er selbst, stolperte über struppiges Gewächs und stürzte in die Tiefe!

Zum Glück ging es nicht senkrecht abwärts. Peter rollte eher, als dass er fiel. Dorniges Gestrüpp zerkratzte ihm die Haut. Ein spitzer Ast stach in seine Rippen. Der Zweite Detektiv versuchte, sein Gesicht zu schützen, und machte sich so klein wie möglich. Dann bremste ein größerer Busch seinen Sturz ab und Peter ergriff seine Chance, streckte die rechte Hand aus und packte den Strauch. Er kam zum Liegen, in der Linken immer noch das Telefon.

Peter versuchte, seinen Atem zu beruhigen. Mit geschlossenen Augen machte er eine Bestandsaufnahme. Alles tat weh. Aber er konnte Arme und Beine bewegen. Gebrochen war anscheinend nichts. Allerdings stimmte mit seiner rechten Hand etwas nicht. Und seine Haut brannte überall.

Er war etwa zehn Meter tief gerutscht. Unter ihm ging es weiter abwärts. Über ihm zeichnete sich gegen das gelbe Licht der Straßenlaterne die Gestalt seines Widersachers ab. Er schaute zu ihm herab. Aber Peter war sich ziemlich sicher, dass er ihn nicht sehen konnte. Er erkannte ja selbst kaum die Hand vor Augen. Der Typ würde zwar hören, dass Peter nicht weiterrutschte, aber solange er sich nicht bewegte, würde der Maskenmann raten müssen, wie tief er gefallen war. Und ob er überhaupt noch lebte.

Eine Minute verging, zwei Minuten, drei. Endlich zog der Mann sich zurück. Peter wartete eine weitere Minute, bevor er sich rührte. Senkrecht zurück nach oben zu klettern, war zu riskant. Das Erdreich war lose und bot kaum Halt. Er musste seitlich am Hang entlangkraxeln, bis er eine weniger steile Stelle fand.

Peter steckte das Handy in die Hosentasche und machte sich auf den Weg. Seine rechte Hand protestierte bei jeder Bewegung. Er musste sich von dem Strauch einen Splitter eingefangen haben. Die Kletterpartie war abenteuerlich, doch schließlich erreichte Peter eine Stelle am Hang, an der mehrere Kreosotbüsche wuchsen. Hier fand er leichter Halt und schaffte es schnell zur Straße hinauf. Keuchend schaute er zurück. Er hatte sich etwa hundertfünfzig Meter vom Haus entfernt. Vom Maskenmann war nichts zu sehen.

»Was nun, Zweiter?«, murmelte Peter und überdachte seine Möglichkeiten. Er konnte noch einmal bei der Polizei anrufen, aber ohne Adresse nützte ihm das nichts. Zum letzten Abzweig zurücklaufen, um einen Blick auf das Straßenschild zu werfen? Aber dieser Abzweig war zu Fuß bestimmt zehn Minuten entfernt.

Also tat er das einzig Logische: Er rief in der Zentrale an, dem Büro der drei ???.

»Bob Andrews von den drei Detektiven.«
»Bob! Gott sei Dank, du bist da!«
»Ja, ich tippe gerade ein paar alte Fallberichte ab und –«
»Egal jetzt! Ich stecke in Schwierigkeiten! Hier sind irgendwelche Gangster, also Einbrecher, und ich weiß nicht, wo ich bin und ...« Peter brach ab und atmete einmal tief durch. »Noch mal von vorne. Ich habe heute Nachmittag im Skatepark einen Typen getroffen. Jock. Der wollte mir sein Skateboard verkaufen. Wir sind zu ihm gefahren. Und da waren plötzlich Einbrecher in dem Haus. Die wollen irgend so ein Ding klauen. Einen Jadekönig oder so was. Ich konnte fliehen. Aber die Kerle haben sich Jock geschnappt. Der spielt zwar auch ein falsches Spiel, aber ich glaube, er ist trotzdem in Gefahr.«
»Ich verstehe zwar nur die Hälfte, aber ruf die Polizei!«
»Hab ich schon. Aber ich weiß nicht, wo ich bin. Ich habe auf der Fahrt nicht aufgepasst. Irgendwo nördlich von Beverly Hills.«
»Hast du keinen GPS-Empfang?«
Peter blinzelte. »Oh, Mist. Daran habe ich überhaupt nicht gedacht. Warte!« Der Zweite Detektiv verfluchte sich, während er das Handy vom Ohr nahm und die Karten-App auswählte. Es dauerte nur ein paar Sekunden, dann wusste er, wo er war. »Bob, bist du noch dran? Ich bin auf dem Li–«
Der Schlag kam aus dem Nichts und traf Peters Hand. Das Telefon flog in hohem Bogen in die Nacht. Noch bevor Peter sich umdrehen konnte, traf ihn etwas Hartes am Hinterkopf und die Welt explodierte in Millionen bunter Sterne.

Rick und Marlow

Als Peter erwachte, schien ein riesiger Gong in seinem Schädel zu dröhnen. Er hob die Lider. Grelles Licht blendete ihn und er drehte den Kopf zur Seite. Der Zweite Detektiv saß auf einem Plastikstuhl. Jemand hatte seine Handgelenke mit Klebeband an den Armlehnen fixiert. Neben ihm war Jock auf die gleiche Weise gefesselt und schaute ihn mit undurchdringlicher Miene an. Das grelle Licht kam von einer Schreibtischlampe, die ihnen beiden ins Gesicht schien.

Sie befanden sich in einem fensterlosen Raum. An der linken Wand standen eine Waschmaschine und ein Trockner neben einem Regal voller Putzmittel. Auf einem kleinen Tisch rechts zeigte ein Monitor die Bilder der Überwachungskameras.

»Was ist passiert?«, fragte Peter und seine Stimme klang weit entfernt. Sein Mund war trocken. »Wo sind wir, Jock?«

»Wir stellen hier die Fragen!«, herrschte ihn jemand an. Sie waren nicht allein im Raum. Hinter der Schreibtischlampe, die Peter blendete, schälten sich zwei Gestalten aus dem Licht. Beide trugen Skimasken. Der Kleinere von beiden war der Kerl, der Peter verfolgt und niedergeschlagen hatte. Sein Begleiter war schmaler gebaut, dafür fast einen Kopf größer.

»Endlich ist er wach, Marlow«, murmelte der Größere leise. Der Maskenmann hatte ihn am Telefon Rick genannt. »Er war jetzt über eine Stunde lang ausgeknipst.«

Peter erschrak. Über eine Stunde! »Wer sind Sie?«

»Hörst du schwer?«, fragte Marlow. »Wir stellen hier die Fragen!«

Peter schaute rüber zu Jock, doch der machte keine Anstalten, irgendwas zu sagen. »Was wollen Sie von uns?«
»Den Schlüssel.«
»Was für einen Schlüssel?«, fragte Peter.
Marlow trat hinter dem grellen Schein der Lampe hervor und beugte sich bedrohlich zu Peter herunter, wobei er sich schmerzhaft auf dessen gefesselte Handgelenke stützte. Sein Atem war warm und widerlich. »Den Tresorschlüssel«, sagte er mit einem leichten Lispeln. »Oder wolltest du das Ding etwa auch hiermit öffnen?« Er zog Peters Dietrichset aus der Jackentasche und ließ es an seinem Finger baumeln. »Wir haben euch durchsucht. Ihr habt den Schlüssel nicht an euch. Und er ist auch nicht da, wo er sein sollte. Ihr habt ihn also versteckt.«
»Ich habe keinen Schlüssel versteckt«, beteuerte Peter. »Und ich weiß auch nichts von einem Tresor. Ich bin nur ganz zufällig hier!« Er hoffte auf Unterstützung von Jock, doch der erwiderte seinen Blick nicht.
Marlow lachte spöttisch und hielt ihm die Visitenkarte der drei ??? unter die Nase. »Zufällig? Ein Hobbydetektiv mit Dietrichen? Du willst mich wohl auf den Arm nehmen!«

Plötzlich hustete Jock, als hätte er sich verschluckt. Er versuchte, es zu unterdrücken, doch das machte den Husten nur noch schlimmer.
Marlow und Rick beobachteten ihn, bis er wieder normal atmete.
»Ich glaube, der Schlüssel steckt an dem einen Ort, an dem wir nicht nachgesehen haben. Mund auf!« Marlow packte Jocks Kinn und drückte es auf. Stöhnend öffnete Jock den Mund und Marlow langte mit seinen behandschuhten Fingern hinein. »Darauf hätten wir auch gleich kommen können«, sagte er grimmig und wischte den kleinen Schlüssel, den Peter im Büro gefunden hatte, an Jocks Hose ab. »Clever! Du hättest ihn runterschlucken sollen.«
»Um daran zu ersticken, oder was?«, gab Jock zurück.
»Dann kannst du uns ja jetzt verraten, wer ihr Bengel seid und was ihr hier zu suchen habt!«
»Lieber ersticke ich *daran*.«
Marlow ballte seine Hand zur Faust, doch Rick hielt ihn zurück. »Deswegen sind wir nicht hier«, sagte er. Er nickte Richtung Tür.
»Und die Bengel?«, fragte Marlow.
»Sind gefesselt.«
»Na schön«, lenkte Marlow ein. »Ihr rührt euch nicht, verstanden!«
Die Männer verließen den Raum und schlossen die Tür von außen ab.
»Sag mal, Jock, spinnst du? Was wird hier eigentlich gespielt!?«, fauchte Peter.
»Pst!«, zischte Jock. »Vielleicht stehen sie noch vor der Tür.«

»Das ist mir völlig egal! Ich will wissen, was hier läuft. Die Sache mit dem Skateboard war doch erstunken und erlogen! Du hast mich hergelockt, damit ich die Tür für dich öffne. Und jetzt hast du einen Tresorschlüssel im Mund versteckt!?«

»Guter Trick, oder?«, versuchte Jock abzulenken. »Habe ich gerade noch hinbekommen, bevor dieser Rick mich überwältigt hat.«

»Das interessiert mich nicht!«, fuhr Peter wütend fort. »Du wohnst hier nicht. Du wolltest ebenfalls an diesen Tresor ran, genau wie die beiden Gangster, richtig? Der Schlüssel für die Garage, den du angeblich gesucht hast, war in Wirklichkeit der Schlüssel für den Tresor! Und du brauchtest mich, um in dieses Haus zu kommen!«

Jock schwieg.

»Was hättest du gemacht, wenn mein Skateboard nicht zerbrochen wäre? Dir eine andere Geschichte ausgedacht? Mir wer weiß was erzählt, damit ich mitkomme? Jetzt rede gefälligst, verdammt! Zwei maskierte Einbrecher haben mich an einen Stuhl gefesselt und ich habe einen fiesen Splitter in der Hand! Ich verdiene ein paar Antworten!«

»Später.« Jock senkte die Stimme. »Nachdem wir uns befreit haben.«

Peter lachte auf. »Und wie willst du das anstellen?«

»Wir sitzen auf Plastikstühlen.« Jock ruckelte auf seinem Stuhl herum. »Wenn ich zu dir rüberrutsche, kommen meine Finger an deine Fesseln und deine an meine.«

Peter ärgerte sich. Darauf hätte er auch selbst kommen können. Schließlich war er der Detektiv! »Und wenn sie zurückkommen?«

»Dann sollten wir besser fertig sein. Los jetzt!« Jock wollte gerade mit dem Ruckeln fortfahren, als sich von draußen Schritte näherten. Die Tür flog auf und krachte gegen die Wand.
»Wo ist er?«, brüllte Marlow.
»W...wer?«, fragte Peter erschrocken.
»Tu nicht so scheinheilig! Wo ist der Jadekönig!?«
»Ich ... ich weiß nicht, wovon Sie reden! Wer oder was ist der Jadekönig?«
Marlows Gesicht war wutverzerrt, doch er schien Peter zu glauben und wandte sich ruckartig an Jock. »Rede!«
Der verzog jedoch keine Miene. »Ich habe auch keine Ahnung, wer oder was der Jadekönig ist.«
Wieder ballte Marlow die Faust.
»Wir haben die beiden durchsucht«, raunte Rick. »Sie haben den Jadekönig nicht bei sich.«
»Dann haben sie ihn versteckt!«
»Hier weiß keiner was vom Jadekönig.« Rick schüttelte den Kopf. »Wir vergeuden nur unsere Zeit, wenn wir uns mit diesen Burschen beschäftigen. Suchen wir lieber weiter.«
Widerwillig folgte Marlow Rick nach draußen.
Peter wartete auf das Geräusch des sich drehenden Schlüssels. Doch das kam nicht. »Sie haben nicht abgeschlossen!«, flüsterte er.

Countdown

Sofort rutschte Jock mit seinem Stuhl zu Peter hinüber. Verbissen versuchte der Zweite Detektiv, das Klebeband an Jocks Handgelenk zu lösen. Der Splitter unter der Haut schmerzte und nervte. »Wenn wir es hier rausschaffen, will ich die Wahrheit wissen«, knurrte er.

»Konzentrier dich«, sagte Jock. Er hatte das Ende des Gewebebandes auf Peters Seite bereits gelöst.

Der Zweite Detektiv gab sich Mühe. Doch plötzlich wurde sein Blick abgelenkt. Auf dem Monitor, der die Bilder der Überwachungskameras zeigte, bewegte sich etwas. Draußen vor dem Haus schlich jemand herum! Als die Person nahe an einer Kamera vorbeiging, erkannte Peter, wer es war. »Bob!«

»Hm?«

»Da draußen ist Bob!«

»Ein Freund von dir? Was macht der denn hier?«

»Keine Ahnung, aber die Gangster dürfen ihn nicht zu fassen kriegen! Los, Beeilung!« Peter knibbelte wie verrückt am Klebeband herum, bis er endlich einen Anfang gelöst hatte. Jetzt ging es einfacher. Geschickt wickelte Peter die Fessel ab, bis Jocks rechtes Handgelenk frei war. Kurz darauf konnten beide Jungen aufstehen.

»Wir brauchen so etwas wie eine Waffe«, sagte Peter und sah sich um. Doch in den Regalen gab es nichts als Putzmittel. Peter entschied sich für eine Sprühflasche mit Glasreiniger. Dann öffnete er vorsichtig die Tür. Aus dem Wohnraum hörte man es rumpeln und krachen. Anscheinend nahmen Rick und

Marlow die halbe Einrichtung auseinander. Umso besser. Dann waren sie abgelenkt. »Wir hauen am besten durch die Garage ab. Dann finden wir Bob, laufen zum Auto und verschwinden! Los jetzt!«

Jock schüttelte den Kopf. »Vergiss es. Es gibt von hier aus keinen Zugang zur Garage.«

»Aber du sagtest doch, die Tür am Ende des Ganges –«

»Das war gelogen. Wir müssen vorne raus. An den beiden vorbei.«

Sie schlichen zur Tür, die zum Wohnraum führte. Peter spähte um die Ecke.

Marlow und Rick waren gerade dabei, eines der beiden Bücherregale zu plündern. Jedes Buch wurde herausgenommen, durchgeblättert und dann achtlos auf den Boden geworfen. Die Bilder hatten sie bereits von den Wänden gerissen. Einer der Briefmarkendrucke baumelte aufgespießt an einer silbernen Skulptur.

»Verdammt!«, brüllte Marlow, nachdem er auch im letzten Buch nichts gefunden hatte. In einem plötzlichen Wutausbruch riss er das Regal um. Es krachte in einen Sessel und zerriss dessen Wildlederbezug. Dann wandten sie sich dem zweiten Regal zu.

»Los, zur Tür!«, raunte Peter. Er atmete tief durch und schlich geduckt los. Jock folgte ihm.

Sie kamen keine vier Meter weit.

»Stehen bleiben!«, rief Rick.

Peter hob den Kopf. Der Einbrecher hatte eine Pistole auf ihn gerichtet. Für eine Sekunde war der Zweite Detektiv versucht, einfach loszulaufen. Doch dann verließ ihn der Mut. Er richte-

te sich auf und sah, was sie verraten hatte: Die Gangster hatten ihre Spiegelungen in den Fenstern bemerkt.
Rick dirigierte die beiden Jungen weg von der Tür, bis sie mit dem Rücken zum Aquarium standen, das leise vor sich hin blubberte. Marlow und Rick bauten sich vor ihnen auf, hinter ihnen das wandgroße Fenster mit dem Ausblick auf das leuchtende Santa Monica. »Jetzt ist endgültig Schluss!«, erklärte Marlow. »Ihr sagt mir sofort, wer ihr seid und was hier gespielt wird! Ich zähle bis drei. Eins. Zw–«
Die Panoramascheibe im Rücken der beiden Ganoven explodierte in einem Splitterregen und ein schwerer Stein polterte zu Boden.
Die Alarmanlage heulte los.
Ein zweiter Stein flog durch das Loch im Fenster. Peter warf sich instinktiv zu Boden. Jock tat es ihm gleich. Der Stein traf Rick im Nacken. Der Mann keuchte erschrocken, stolperte nach vorn und ein Schuss löste sich aus seiner Waffe!
Mit einem fürchterlichen Knall zersprang das Aquarium und ein gewaltiger Schwall Wasser ergoss sich auf Peter und Jock und riss Marlow und Rick von den Füßen.
Rick ließ seine Waffe fallen. Sie wurde zusammen mit zappelnden Fischen unters Sofa gespült. Marlow war bereits dabei, sich wieder aufzurappeln, doch da trat ihm jemand auf die Hand. Der Mann jaulte auf.
»Bob!«, rief Peter.
Marlow packte Bob mit der freien Hand am Knöchel und brachte den dritten Detektiv zu Fall. Dann kam er hoch und wollte nach der Pistole greifen, doch Peter war schneller. Er schickte Marlow einen Sprühstoß des Glasreinigers ins Ge-

sicht. Der Mann schrie auf und griff sich an die Augen. Peter packte die Waffe und schleuderte sie in hohem Bogen aus dem Fenster, wo sie in der Dunkelheit verschwand.
»Du dreckiger Bengel!« Marlow stürzte sich auf Peter und riss ihn zu Boden. Seine Hände legten sich um Peters Hals.
Rick war derweil zum Display an der Wand gelaufen, auf dem groß und rot der Countdown leuchtete: 00:18. »Marlow! Der Alarm! Wie lautet der Code!?«
»Acht, vier –«
Plötzlich war Bob hinter Marlow und hielt ihm den Mund zu. Statt Zahlen war nur noch wütendes Gebrüll zu hören. Marlow ließ von Peters Kehle ab und versuchte, seinen Mund zu befreien. Peter hängte sich an seine Arme. Gegen sie beide hatte Marlow keine Chance.
Rick wollte ihm zu Hilfe eilen, doch seine Füße rutschten auf dem nassen Boden weg. Blindlings griff er nach einem Glastisch und riss ihn zu Boden, die Tischplatte zerbrach auf dem harten Marmor.
Da biss Marlow zu und Bob riss schreiend seine Hand weg.
»Sieben, sechs!«, schrie Marlow.
Rick rappelte sich hoch und hastete zur Tür.
Bob griff nach der silbernen Figur einer Tänzerin und warf sie Rick hinterher. Sie verfehlte den Mann und krachte in den riesigen Fernseher an der Wand.
Rick erreichte das Eingabefeld. Doch in dieser Sekunde lief der Countdown ab. Der Alarm verstummte und das Display blinkte rot.
»Die Polizei hat soeben einen Notruf erhalten«, keuchte Peter.

Die beiden Gangster waren nur kurz unschlüssig. Dann riss Rick die Tür auf und beide flohen aus dem Haus. Durchs Fenster beobachtete Peter, wie sie zur Straße rannten und in den Oldsmobile Cutlass sprangen.

»Los, hinterher!«, rief Bob.

»Mein Wagen springt nicht an.«

»Verflixt. Und meiner steht ein ganzes Stück entfernt.«

»Außerdem kann ich nicht mehr. Ich kann einfach nicht mehr.« Peter ging in die Knie. Keuchend blickte er sich um. Erst jetzt bemerkte er, dass Jock verschwunden war.

»Der Junge ist geflohen«, erriet Bob seine Gedanken. »Gleich, nachdem das Aquarium explodiert ist. War das dieser Jock?«

Peter nickte. »Die Fische. Lass uns wenigstens die retten, bevor du mir erzählst, wie du mich gefunden hast. Da ist noch ein bisschen Wasser im Becken.«

Eilig machten sie sich an die Arbeit. Die Fische waren glitschig und schwer zu fassen und einige waren unter das Sofa gerutscht. Doch sie zappelten alle noch, und gemeinsam gelang es den Jungen, die Tiere zurück ins Wasser zu befördern.

Dann streckte Peter stöhnend den Rücken und blickte verzweifelt auf die Zerstörung um sie herum. »Oh Gott, Bob, was machen wir denn jetzt bloß!?«

Wo ist Peter?

»Und dann kamen Sie«, beendete Peter seinen Bericht.

Mr Sterling lockerte zunächst seine Krawatte, bevor er sie ganz abnahm und achtlos auf den Boden warf. Fassungslos schüttelte er den Kopf. »Was für eine Geschichte«, murmelte er.

»Eigentlich nur eine halbe Geschichte«, sagte Peter. »Ich weiß nämlich nicht, wie Bob und Justus hierhergekommen sind.«

Gavin Sterling winkte müde ab. »Ich glaube nicht, dass mich das noch interessiert. Ich wollte wissen, was sich hier im Haus abgespielt hat.« Unschlüssig schaute Sterling die drei Jungen an und ließ seinen Blick dann ein weiteres Mal durch den Raum wandern, kopfschüttelnd, immer wieder. »Was mache ich nur mit euch …?«, murmelte er. Eine Antwort darauf schien er jedoch nicht zu finden.

Bob beugte sich zu Peter hinüber. »Ich habe dich über Mr Sterlings Schwägerin ausfindig gemacht«, raunte er. »Aber das ist eine längere Geschichte.«

Seine Worte waren nicht für Sterling bestimmt gewesen, doch der hatte sie trotzdem gehört. Ruckartig wandte er den Kopf. »Meine Schwägerin? Judith?«

Bob nickte. »Sie hat mir Ihre Adresse genannt.«

»Augenblick mal, was hast du mit Judith zu schaffen?« Sterling wirkte alarmiert.

»Wie gesagt, eine längere Geschichte«, wiederholte Bob.

»Dann erzähl sie!«, verlangte Sterling.

Bob schaute verunsichert zu Peter und Justus. »Sie wollen jetzt doch …?«

»Ja. Will ich. Wie hast du dieses Haus gefunden?«
Bob räusperte sich. »Also, das war so. Ich war gerade in unserem Detektivbüro. Da klingelte das Telefon.«

»Bob Andrews von den drei Detektiven.«
»Bob! Gott sei Dank, du bist da!«
»Ja, ich tippe gerade ein paar alte Fallberichte ab und –«
»Egal jetzt! Ich stecke in Schwierigkeiten!«
Peter berichtete hektisch von Skateboards und Einbrechern. Der dritte Detektiv begriff nicht alles, aber eines war klar: Peter war in Gefahr! »Ich verstehe zwar nur die Hälfte, aber ruf die Polizei!«
»Hab ich schon. Aber ich weiß nicht, wo ich bin. Ich habe auf der Fahrt nicht aufgepasst. Irgendwo nördlich von Beverly Hills.«
»Hast du keinen GPS-Empfang?«
»Oh, Mist. Daran habe ich überhaupt nicht gedacht. Warte!«
Für einen Moment hörte Bob nichts mehr, vermutlich schaute Peter auf die Karten-App seines Telefons. Doch schon nach ein paar Sekunden meldete sich sein Freund wieder.
»Bob, bist du noch dran? Ich bin auf dem Li–«
Ein dumpfes Geräusch. Ein Knacken und Rauschen. Dann nichts mehr.
»Peter? Peter, hörst du mich?« Bob sah aufs Display. Die Verbindung war beendet. Sofort rief er zurück, aber es sprang nur noch die Mailbox an. »Peter? Ist was passiert? Ruf zurück!«
Vielleicht war dem Zweiten Detektiv nur das Handy aus der Hand gerutscht? Aber er rief nicht wieder an.
»Verdammt!« Bob blickte sich ratlos in der Zentrale um. Er

war gerade dabei gewesen, das Archiv auf den neuesten Stand zu bringen. Und jetzt plötzlich dieser Hilferuf, völlig aus dem Nichts. Bob musste etwas tun, um seinem Freund zu helfen!
Nur was?
Er rief Justus an. Doch der war nicht erreichbar. Bob wusste, dass der Erste Detektiv seine Tante ins Theater begleitet hatte, weil Onkel Titus überraschend krank geworden war. Anscheinend war die Vorstellung noch nicht vorbei. Bob musste also selbst etwas einfallen. Was hatte Peter da alles erzählt? Der dritte Detektiv bekam es kaum noch zusammen.
Die Einbrecher wollten ein Ding namens Jadekönig. Aber diese Information nützte ihm nichts, um Peter zu finden. Dann hatte er noch irgendwas von einem Jock erzählt, den er im Skatepark kennengelernt hatte. Bob hatte den Namen noch nie gehört.
Ihm fiel Jeffrey ein. Jeffrey war ein guter Freund von Peter, mit dem er manchmal surfen ging. Skaten vielleicht auch. Möglicherweise kannte er diesen Jock! Doch es war wie verhext. Auch Jeffrey war nicht zu erreichen.
Was konnte er sonst noch tun? Vielleicht doch mehr über dieses Ding namens Jadekönig herausfinden. Bob startete eine schnelle Internetrecherche. Der Jadekönig war eine wertvolle Briefmarke. Aha. Weltweit existierten nur noch elf Stück. Diese Information ließ Bob aufmerken. Wenn die Einbrecher, von denen Peter gesprochen hatte, den Jadekönig wollten, musste Bob nur die elf Besitzer dieser Briefmarken herausfinden. Derjenige, der in der Nähe von Beverly Hills lebte, war dann vermutlich das Einbruchsopfer!
Die Suche nach diesen elf Besitzern gestaltete sich allerdings

schwieriger als erwartet. Unmöglich sogar. Bob fand im Netz keinen einzigen Hinweis. Logisch, welcher wohlhabende Sammler hatte schon Interesse daran, öffentlich bekannt zu werden.
Der einzige Name, der immer wieder im Zusammenhang mit der Briefmarke auftauchte, war Leopold Nelson, ein B-Promi aus dem Fernsehen. Im Internet wurde einige Male ein Interview mit Nelson zitiert, in dem er gesagt hatte: »Der Jadekönig wäre die Krönung meiner Sammlung.«
Bob runzelte die Stirn. Er wusste, wer Leopold Nelson war. Er machte mit bei *Schatzsucher*, einer bekannten Trödelshow. In dieser Sendung zog ein Kamerateam durch die Lande und stöberte wertvolle Bilder, antike Porzellanvasen, begehrte Erstausgaben der Weltliteratur oder seltene Münzen auf. Die verkauften die Fernsehleute dann gewinnbringend an Sammler und beglückten die meist ahnungslosen Vorbesitzer mit dem Erlös. Leopold Nelson war einer der Experten, die die Fundstücke begutachteten und ihren Wert schätzten. Manchmal kauften die Experten die Sachen auch selbst. Justus' Onkel Titus, auf dessen Schrottplatz die drei ??? ihre Zentrale hatten, schaute diese Sendung auf einem staubigen Röhrenfernseher in seinem Büro, wenn gerade nichts zu tun war. Bob selbst hatte sie nur ein paar Mal gesehen, aber er wusste, dass Mr Nelson unter anderem der Experte für Briefmarken war und auch selbst welche sammelte.
Der dritte Detektiv überflog den Artikel mit dem Interview rasch. Leopold Nelson erschien ihm seriös und fachkundig. Vielleicht konnte er Bobs Fragen besser beantworten als das Internet. Nelson hatte einen kleinen Antiquitätenladen in Santa Monica, dessen Nummer leicht herauszufinden war. Oh-

ne große Hoffnung rief der dritte Detektiv dort an. Wie erwartet hatte der Laden aber längst geschlossen und es sprang nur der Anrufbeantworter an.
»Guten Abend, mein Name ist Bob Andrews. Ich ... äh ... würde gern mit Ihnen über den Jadekönig sprechen. Sie wissen schon. Die Briefmarke.« Bob gab die Nummer der Zentrale durch, legte auf und schüttelte den Kopf über sich selbst. Seine Nachricht war etwas knapp ausgefallen. Außerdem würde Nelson frühestens am nächsten Tag zurückrufen, wenn überhaupt. Viel zu spät. Es war vollkommen sinnlos, was Bob hier tat. Er musste Peter *jetzt* finden!
Der dritte Detektiv sah auf die Uhr. Es war noch nicht so spät. Im Skatepark war bestimmt noch etwas los. Kurz entschlossen schnappte er sich seine Jacke, verließ die Zentrale und den Schrottplatz und schwang sich in seinen alten VW Käfer.
Fünf Minuten später erreichte er die kleine Sportanlage. Auf dem Parkplatz standen noch drei Autos. Es war zwar schon dunkel, doch das Licht der Straßenlaternen reichte ein paar Skatern aus, um durch die Halfpipe zu jagen oder waghalsige Sprünge über eine Rampe zu versuchen. Auf einer flachen Betonmauer hockten ein paar Zuschauer und ließen sich mit Hip-Hop aus einer tragbaren Box beschallen. Zwei der Jungen kannte Bob vom Sehen. Er trat auf sie zu. »Hi.«
Der eine, ein rothaariger Typ mit Sommersprossen, schaute auf. »Hi.«
»Ich suche meinen Freund Peter. Peter Shaw. Du kennst ihn, oder?«
»Klar kenne ich Peter. Du bist Bob, stimmt's? Sein Detektivkumpel.«

Bob nickte. »War Peter heute hier?«
»War er. Hat einen schönen Stunt hingelegt. Danach war allerdings sein Board hinüber. Glaubst du nicht, was? Die Überreste stecken dahinten im Müllcontainer.«
»Oje«, sagte Bob, doch eigentlich interessierte ihn Peters kaputtes Skateboard gerade herzlich wenig. »Und dann?«
Der Rothaarige sah ihn befremdet an. »Nichts und dann. Das Brett war hinüber und Peter ist abgedampft.«
»Nach Hause?«
»Woher soll ich das wissen.«
»Er ist nicht nach Hause«, meldete sich ein blondes Mädchen zu Wort, das neben seiner dunkelhaarigen Freundin auf einem Betonwürfel hockte und das Gespräch mitbekommen hatte. Unter dem zu langen Pony hindurch konnte es wahrscheinlich kaum etwas erkennen. Die lila getönte Sonnenbrille tat ihr Übriges. Doch das Mädchen lächelte Bob an.
Bob lächelte zurück. »Nein?«
»Nein. Er ist mit Jock losgezogen.«
Bobs Herz machte einen Sprung. Einen Jock hatte Peter erwähnt! »Wer ist Jock?«
»So'n Typ.«
»Ach.«
»Skater. Der hängt hier auch manchmal ab.«
»Woher kennst *du* denn Jock?«, wandte sich nun die dunkelhaarige Freundin an sie.
Sie zuckte nur mit den Schultern, grinste aber. »Ich kenn ihn halt.«
Die Freundin riss die Augen auf. »Stacy! Du hattest was mit Jock!?«

Stacy versetzte ihrer Freundin einen kleinen Stoß in die Seite.
»Weißt du, warum Peter mit diesem Jock losgezogen ist?«, fragte Bob.
Stacy zuckte mit den Schultern. »Keine Ahnung. Aber sie sind in Peters Karre gestiegen und losgefahren. Irgendwann jedenfalls. Nachdem sie endlich angesprungen war. Aber seltsam war das schon.«
»Wieso seltsam?«
»Na ja. Jock ist cool. Und Peter ... halt nicht.«
»Nein?«
Stacy schüttelte langsam den Kopf. »Jock würde sich eigentlich nie mit Typen wie Peter abgeben. Aber vor ein paar Tagen hat er sich plötzlich an ihn rangewanzt. Komisch, oder?«
»Wieso, was stimmt denn nicht mit Peter?«
Sie bedachte Bob mit einem abschätzigen Blick. »Ernsthaft? Detektivkram und so?«
»Detektivkram ist ... nicht cool?«, riet Bob.
»Nein. Ist es nicht. Deswegen würde Jock normalerweise nie mit so Schlaubergern wie euch abhängen. Nix für ungut.«
Stacys Freundin nickte bestätigend.
»Vielleicht wusste Jock nichts vom Detektivkram.«
»Doch. Er hat's irgendwie mitbekommen. Und danach ein paar Leute ausgefragt. Das hat ihn alles sehr interessiert.«

Der missratene Neffe

Bob horchte auf. »Er hat nach dem Detektivkram gefragt?«

»Ja. Er treibt sich noch nicht so lange hier im Skatepark herum, ein paar Wochen vielleicht. Er hat mitbekommen, dass Peter Detektiv ist, und dann hat er ein paar Leute über ihn ausgefragt. Mich auch.«

»Was wollte er denn wissen?«

»Was Peter so für einer ist. Was er draufhat. Irgendwer hat ihm erzählt, dass Peter ziemlich gut mit Dietrichen umgehen kann und sein Set immer dabeihat. Das fand Jock dann sehr spannend. Und deswegen stimmt da auch irgendwas nicht.«

»Da stimmt was nicht? Wie kommst du darauf?«

Stacy verdrehte die Augen. »Ein cooler Typ wie Jock wanzt sich plötzlich an einen uncoolen Typ wie Peter ran, nachdem er vorher alle Leute über ihn ausgequetscht hat? Vor allem über Dietriche? Und Schlösserknacken und so?« Sie blinzelte in Zeitlupe. »Ernsthaft?«

»Okay, was kannst du mir über diesen Jock sagen?«

»Nicht viel.«

»Weißt du, wo er wohnt?«

»Ja. In East Los Angeles. 224 Montebello Road.«

Bob unterbrach seine Erzählung. Nicht nur er, auch Peter und Justus hatten bemerkt, wie Mr Sterling hörbar nach Luft geschnappt hatte.

»Mr Sterling?«, fragte der Erste Detektiv. »Fällt Ihnen zu 224 Montebello Road etwas ein?«

Sterling drehte zwar den Kopf, schien aber durch Justus hindurchzublicken, als er sagte: »Dann war es also Joseph!?«
Die drei Detektive sahen einander ratlos an.
»Wer ist Joseph?«, fragte Bob.
»Mein Neffe. Der Sohn meines verstorbenen Bruders. Er wohnt mit seiner Mutter in der Montebello Road.«
»Jock ist Ihr Neffe?«, rief Peter ungläubig. »Aber warum sagen Sie das denn erst jetzt?«
»Woher sollte ich das denn vorher wissen!?«, brüllte Sterling ihn an. »Du nennst ihn die ganze Zeit Jock!«
»Es war doch klar, dass das ein Spitzname ist«, verteidigte sich Peter.
»Was weiß ich, was Joseph für Spitznamen hat!«
»Und ich habe ihn beschrieben. Groß, blonde Cornrow-Frisur und –«
»Cornrow, Cornrow, Cornrow. Sehe ich so aus, als wüsste ich, was das ist? Bin ich Friseur? Joseph hat ständig irgendwelche ... Haare ... und ... Frisuren und ... Was weiß denn ich! Ich habe nichts mit meinem Neffen zu tun! Und warum? Weil er ein kleiner Gangster ist, deshalb! Aber dass er *so* weit gehen würde! Der Bengel kann was erleben!«
»Dass Jock etwas stehlen wollte, ist noch nicht eindeutig bewiesen«, sagte Justus. »Die Indizien, die sich aus Peters Bericht ableiten lassen –«
»Was denn wohl sonst?«, ereiferte sich Mr Sterling. »Es gibt hier keine Skateboards.«
»Halten Sie es nicht für einen ziemlich großen Zufall, dass Ihr Neffe ausgerechnet an dem Abend bei Ihnen einbricht, an dem es auch zwei andere Gangster tun?«

»Nein«, antwortete Mr Sterling bestimmt. »Offen gesagt hätte auch ich mir genau diesen Abend ausgesucht, wäre ich ein Einbrecher.«

»Ach. Und warum?«

»Weil ich heute eine große Lesung im Convention Center in Los Angeles hatte. Diese Woche ist mein neuer Roman erschienen. Nach dem großen Erfolg von *Das Tal der Verdammten* stand das in allen Zeitungen. Die ganze Stadt wusste, dass ich heute Abend nicht zu Hause sein würde.«

»Hm, das ist natürlich eine Erklärung«, gab Justus zu.

»Auch Joseph wird es gewusst haben. Und da hat er sich gedacht: Onkel Gavin hat doch Kohle! Schauen wir mal nach, was er so in seinem Safe aufbewahrt! Also hat er meinen Tresorschlüssel gesucht.«

»Und Peter hat ihn für Jock gefunden«, sagte Justus. »Aber nachdem die beiden Einbrecher Jock den Schlüssel abgenommen und den Tresor damit geöffnet hatten, war dieser leer. Ihr Neffe hatte einen Moment allein in Ihrem Büro. Der könnte ausgereicht haben, um den Jadekönig zu entwenden und woanders zu verstecken. Aber warum hätte er danach noch den Schlüssel in seinem Mund verstecken sollen? Um die Einbrecher zu täuschen?«

»Jock wusste nicht mal, was der Jadekönig ist«, bemerkte Peter.

»Das könnte gelogen gewesen sein«, überlegte Justus.

»Er hat den Jadekönig nicht entwendet«, sagte Mr Sterling bestimmt. »Ich besitze ihn nämlich überhaupt nicht!«

Das machte die drei Detektive kurz sprachlos.

»Ach nein?«, fragte Bob.

»Nein. Und ich habe ihn auch nie besessen. Schön wär's! Diese Marke ist sehr selten. Und teuer.«

Peter runzelte die Stirn. »Aber Marlow und Rick waren nur deswegen hier! Sie waren sich sicher, dass der Jadekönig in Ihrem Tresor ist.«

»Ja. Ich konnte deiner Geschichte folgen, Peter, so kompliziert war sie nicht.«

»Können Sie sich irgendwie erklären, warum die beiden Einbrecher glaubten, Sie seien im Besitz des Jadekönigs?«, fragte Justus.

»Ich kann nur raten. Viele Menschen wissen, dass ich Briefmarken sammle. Das ist kein Geheimnis. Ich habe auch ein paar seltene Exemplare in meiner Sammlung. Nicht so wertvolle natürlich. Vielleicht hat mal jemand etwas falsch verstanden.« Mr Sterling wanderte langsam durch den Raum. Er hob die silberne Tänzerin vom Boden auf und stellte sie auf den Kaminsims. »Diese ganze Zerstörung … für nichts und wieder nichts.«

»Und Jock?«, fragte Justus. »Können Sie sich vorstellen, worauf er es abgesehen hatte?«

»Ach, der kleine Gauner! Er wollte natürlich Geld. Der Junge ist ständig in Schwierigkeiten. Aber bei mir gibt es nichts zu holen. Er soll sich anständig benehmen und die Schule beenden. Nebenbei kann er arbeiten, dann hat er auch keine Geldprobleme. Stattdessen bricht er bei seinem eigenen Onkel ein!« Kopfschüttelnd ließ Sterling sich in einen der wildlederbezogenen Sessel fallen.

»So etwas Ähnliches hat seine Mutter auch gesagt«, meinte Bob.

»Richtig«, erinnerte sich Sterling. »Deine Geschichte ist noch nicht zu Ende.«
»Nachdem ich Jocks Adresse herausbekommen hatte, hinterließ ich Justus schnell eine Nachricht auf der Mailbox, damit er informiert ist. Dann fuhr ich los.«

Die Montebello Road lag in einem winzigen Wohngebiet, eingequetscht zwischen dem Freeway Richtung Norden und dem Güterbahnhof. Dessen Flutlichter tauchten die Dächer in kaltes Licht. An der Straße standen überquellende Mülleimer, an denen ein abgemagerter Hund herumschnüffelte. Als Bob mit seinem Käfer vorbeiknatterte, wandten ein paar finster aussehende Gestalten, die in einem Grüppchen auf der Bordsteinkante saßen, misstrauisch die Köpfe.
Vor dem Haus Nummer 224 blieb Bob stehen. Hier also wohnte dieser Jock. Vorne am Grundstück stand ein verbeulter Briefkasten, auf den jemand mit schwarzem Stift den Namen *Sterling* geschrieben hatte. Der Vorgarten war ein Stückchen vertrockneter Rasen voller Zigarettenstummel, auf dem ein rostiger Campingstuhl stand. Zwei Stufen führten zur Haustür, von der der graue Lack abblätterte. Hinter dem Fenster neben der Tür brannte Licht. Eine Klingel suchte Bob vergeblich, also klopfte er. Nach ein paar Augenblicken öffnete sich die Tür einen Spaltbreit, eine kleine, drahtige Frau mittleren Alters blickte unter der Sicherheitskette hindurch und sah Bob fragend an. Ihr ehemals dunkles Haar war schon stark ergraut und hing ihr strähnig ins gerötete Gesicht. In ihren Augen schwammen Tränen.

Justus hat Geheimnisse

Bob war verunsichert. »Guten Abend. Entschuldigen Sie bitte die späte Störung, Mrs Sterling.«
Die Dame blinzelte und schniefte.
»Mein Name ist Bob Andrews«, fuhr Bob fort. »Ich möchte zu Jock. Ist er zu Hause?«
»Nein.«
»Oh, äh, schade. Wissen Sie, wo er ist?«
»Nein.«
»Ich möchte nicht aufdringlich sein, aber ... haben Sie vielleicht eine Idee, wo er sein *könnte*?«
»Nein.« Dieses letzte Nein presste sie unter Tränen hervor, die ihr langsam übers Gesicht liefen. Gleichzeitig wurde sie zornig. »Und ich habe auch kein Geld für dich! Lass meinen Jungen in Frieden! Und sag das auch deinen Freunden!«
»Ich glaube, da liegt ein Missverständnis vor, Mrs Sterling. Ich bin nicht wegen Geld hier. Ich kenne Ihren Sohn gar nicht. Ich suche meinen Freund Peter. Er ist mit Jock unterwegs.«
»Oh.« Sie schluckte betreten und wischte ihr Gesicht trocken. »Ach so.«
»Groß und sportlich, rotbraune Haare.«
Sie schüttelte den Kopf. »Kenne ich nicht. Tut mir leid.«
Der dritte Detektiv räusperte sich. »Es ist wirklich wichtig, dass ich ihn finde, Mrs Sterling. Wo ist Jock denn häufig, wenn er abends weggeht?« Erneut stiegen Tränen in ihren Augen auf. Sofort hatte Bob ein schlechtes Gewissen. »Verzeihen Sie bitte. Kann ich Ihnen vielleicht helfen?«

Sie schüttelte den Kopf. »Aber es ist nett, dass du fragst. Das würden Josephs sogenannte Freunde nicht tun. Die bringen meinen Jungen nur in Schwierigkeiten. Manchmal stehen sie vor meiner Tür und wollen Geld, das Joseph ihnen angeblich schuldet. Die Polizei war auch schon hier. Wegen eines Ladendiebstahls. Da wollte ihm jemand was in die Schuhe schieben. Mein Joseph klaut doch nicht!« Und dann schloss Mrs Sterling plötzlich die Tür. Jedoch nur, um die Sicherheitskette zu lösen und die Tür gleich wieder zu öffnen. »Willst du nicht reinkommen?«

Bob zögerte. Anscheinend war Mrs Sterling froh darüber, dass plötzlich ein wildfremder Junge vor ihrer Tür aufgetaucht war, dem sie ihr Leid klagen konnte. Doch wenn er der Einladung folgte, würde sie ihn womöglich eine Stunde lang in Beschlag nehmen, ohne dass es ihn weiterbrachte. Er musste doch Peter finden! Andererseits hatte er keine Ahnung, wo er suchen sollte. Vielleicht konnte Jocks Mutter ihm dabei helfen. Bob sah demonstrativ auf seine Armbanduhr. »Auf eine Viertelstunde vielleicht.«

Mrs Sterling führte ihn in das kleine Haus. Es war ein wenig unaufgeräumt, aber sauber. Der wacklige Couchtisch im Wohnzimmer war unbeholfen mit Klebeband repariert worden und auch die Sessel und das Sofa hatten schon bessere Zeiten gesehen. Auf dem Tisch stand ein fleckiges, halb volles Weinglas. An den Wänden hingen überall verblichene Familienfotos: Jock als kleiner blonder Junge, zusammen mit seinen Eltern.

»Hier, schau!«, sagte Mrs Sterling, als sie Bobs neugierige Blicke bemerkte. Sie zeigte auf ein Bild, das Jock an den Händen seiner Eltern vor einem kleinen Haus im Wald zeigte. »Da war er sechs. Und da, da waren wir mal in Disneyland. Joseph hat es geliebt.«

Schon bereute Bob seine Entscheidung, Mrs Sterlings Einladung zu folgen. Er hatte wenig Interesse an Familienbildern. Aber dann brachten ihn die Fotos auf eine Idee. »Ist denn Ihr Mann zu Hause? Vielleicht weiß er ja, wo Jock steckt.«

Wie aus dem Nichts brach Mrs Sterling erneut in Tränen aus. Es dauerte ein paar Minuten, bis sie sich wieder beruhigt hatte. »Mein Mann ist tot«, sagte sie schließlich und schnäuzte sich.

»Oh. Das ... das tut mir –«

»Genau heute vor zehn Jahren. Deshalb bin ich auch so ... so aufgelöst. Verzeihung. Aber trotz der langen Zeit ... ist das ein sehr schwerer Tag für mich.« Sie zeigte wieder auf das Foto mit dem Haus im Wald. »Das hier ist das letzte Bild aus meinem alten Leben. Da war alles noch in Ordnung. Ein paar Wochen später dann ... alles Schutt und Asche.« Wieder stiegen ihr die Tränen in die Augen.

»Was ... was ist denn passiert?«

»Schutt und Asche. Ganz wörtlich. Unser Haus brannte ab. Ein Leck in der Gasleitung. Es gab eine Explosion und alles stand in Flammen. Ich war mit Joseph zu Besuch bei meiner Schwester in Oregon. Aber mein Mann Paul war zu Hause. Er ist in den Flammen umgekommen.«

»Das tut mir aufrichtig leid, Mrs Sterling.«

»Es war ein Schock. Wir waren eine heile Familie und auf einmal ... alles weg. Du machst dir keine Vorstellung, wie sehr ... Ich hatte gar keine Kraft, irgendwie weiterzumachen. Aber ich musste, schließlich hatte ich Joseph. Um den musste ich mich kümmern. Wir hatten nie viel Geld gehabt. Aber nachdem das

Haus abgebrannt war mit allem, was wir je besessen hatten, stand ich plötzlich ohne einen Cent da. Ohne Joseph hätte ich wahrscheinlich aufgegeben. Mein Junge hat mich gerettet.«

Bob nickte mitfühlend. Viel mehr konnte er nicht tun.

»Aber jetzt lässt er sich von mir nichts mehr sagen. Er kommt und geht, wann er will. Wenigstens heute, am Todestag seines Vaters, hätte er zu Hause bleiben können, oder? Du bist ein netter Junge, Bob. Ich würde dir gern helfen, aber ich weiß wirklich nicht, wo Joseph steckt. Ich kann auch nicht sagen, wann er zurückkommt. Er übernachtet manchmal bei seinen sogenannten Freunden.«

Da fiel Bob etwas ein, was Peter am Telefon gesagt hatte. »Mrs Sterling, wohnt zufällig einer von Josephs Freunden irgendwo nördlich von Beverly Hills?«

Sie zuckte bedauernd die Schultern. »Das kann ich dir leider nicht sagen.«

»Oder fährt er manchmal in diese Gegend?«

»Na ja, sein Onkel lebt dort. Pauls Bruder. Aber ich kann mir kaum vorstellen, dass Joseph ihn besucht. Die beiden haben kein gutes Verhältnis.«

»Würden Sie mir trotzdem seine Adresse geben?« Es war der einzige Hinweis, den er hatte.

»Wenn du meinst. Gavin ist aber nicht da. Er hat eine Lesung. Ausgerechnet heute. Auch er hat seinen Bruder wohl schon vergessen.«

Bob stutzte. »Gavin? Gavin Sterling? Der Schriftsteller?«

Mrs Sterling verdrehte die Augen. »Ja. Genau der. *Das Tal der Verdammten.* Nach vierzehn Jahren ist dann doch mal sein zweiter Roman fertig. Ist das zu fassen? Bekommt aber reihenweise schlechte Kritiken. Na ja. Wer es sich leisten kann ... Er wohnt am Lincoln Drive.«

»Lincoln Drive!«, wiederholte Bob elektrisiert. ›Ich bin am Li–‹, hatte Peter gesagt, bevor die Verbindung abgebrochen war! In diesem Moment vibrierte das Handy in Bobs Hosentasche. »Verzeihung, Mrs Sterling«, murmelte er, schaute aufs Display und nahm das Gespräch an. »Just! Endlich!«

»Bob! Ich habe vorhin erst deine Nachricht gehört. Was ist eigentlich los!?«

»Wenn ich das wüsste! Hör zu, ich bin bei ... Ach, egal. Ich habe gerade herausgefunden, dass Peter sich möglicherweise im Lincoln Drive in Beverly Hills befindet.«

»Der ist im Lincoln Canyon, nehme ich an. Finde ich. Hör zu, Bob, ich habe etwas über den Jadekönig herausgefunden.«

»Über den Jadekönig?« Bob war überrascht. Wie konnte Justus so schnell etwas herausfinden? Er wusste doch so gut wie nichts über die ganze Sache. »Okay, aber kann das warten? Wir sollten keine Zeit verlieren. Wer weiß, was mit Peter ist.«

»Du hast recht. Ich mache mich gleich auf den Weg. Wir treffen uns im Lincoln Drive.«

Bob legte auf und wandte sich an Mrs Sterling. Ein verstörter Ausdruck lag in ihrem Gesicht, den Bob sich nicht erklären konnte. Aber die Zeit drängte. »Bitte verzeihen Sie, Mrs Sterling, aber ich muss sofort los.«

»Ja, ich verstehe. Ich hätte nur gern ...«

»Ich hab es wirklich eilig. Danke und ... alles Gute!«

Er hörte schon nicht mehr, was Jocks Mutter darauf erwiderte, so schnell war Bob zur Tür hinaus.

Bob sah seine Freunde zerknirscht an, als er seine Erzählung unterbrach. »Das war nicht nett, sie da einfach so stehen zu lassen ... Na ja. Ich bin sofort hierhergefahren. Ich sah den MG am Straßenrand, schlich zum Haus hinauf und schaute durchs Fenster. Zwei maskierte Kerle, der eine mit einer Waffe – die Situation sah so brenzlig aus, dass ich nicht lange überlegt habe. Ich schnappte mir zwei dicke Steine aus dem kleinen Beet am Hang – und den Rest hast du ja schon erzählt, Peter.«

Der Zweite Detektiv nickte.

»Und du bist dann als Letzter hier angekommen«, wandte Sterling sich an Justus.

»Richtig.«

»Was war es, das du deinem Freund über den Jadekönig erzählen wolltest?«

Justus winkte ab. »Nichts, was er nicht schon selbst herausgefunden hatte.«

»Na schön.« Sterling verfiel in ein langes Schweigen. Nachdenklich schaute er dabei von einem Detektiv zum anderen. Schließlich strich er sich müde über die Stirn. »Geht nach Hause.«

Die drei Detektive tauschten irritierte Blicke.

»Einfach ... einfach so?«, fragte Bob.

Sterling nickte. »Eure Geschichte ist zu abstrus, um ausgedacht zu sein. Zwei Gangster sind bei mir eingebrochen. Mein Neffe hat eine Reihe von Problemen. Und ihr Jungs seid da irgendwie reingestolpert. Ihr könnt nichts für das, was hier geschehen ist. Ich glaube euch.«

Justus räusperte sich. »Wir könnten Ihnen helfen, Ordnung in das Chaos zu bringen.«

Gavin Sterling lachte bitter. »Ihr wollt aufräumen?«
»Ich dachte in erster Linie daran, Ihnen unsere Dienste als Detektive anzubieten. Wir können eine beeindruckende Aufklärungsrate vorweisen und –«
Sterling schüttelte langsam den Kopf. »Besser nicht.«
»Aber Sie wurden Opfer eines Einbruchs! Unserer Erfahrung nach wird die Polizei nicht genug unternehmen, um die Täter aufzuspüren.«
»Ich weiß deine Begeisterungsfähigkeit zu schätzen, Justus. Aber vor allem ist es wohl ein Fall für die Versicherung, die mir hoffentlich die Schäden ersetzen wird.« Sterling strich sich durch den Bart und sah auf die Uhr. »Es ist spät. Eure Eltern fragen sich bestimmt, wo ihr steckt. Und ich bin sehr müde.«
Die Erschöpfung stand dem Hausherrn ins Gesicht geschrieben und die drei Detektive unternahmen keinen weiteren Versuch, Sterling umzustimmen.
»Danke, dass Sie uns nicht anzeigen, Mr Sterling«, sagte Peter an der Tür und reichte dem Mann zum Abschied die Hand. Sie tat zum Glück nicht mehr weh. Während Bobs Bericht hatte Peter es endlich geschafft, den Splitter herauszuziehen.
»Ihr seid nicht die Vandalen, für die ich euch am Anfang gehalten habe«, gab Sterling zu. »Viel Glück euch dreien. Und jetzt marsch nach Hause!«
Nachdenklich stiegen Justus, Peter und Bob die Treppe hinunter zur Straße.
»Was für ein Abend!«, stöhnte Peter. »Ich bin fix und fertig!«
Sie näherten sich der Straßenlaterne, unter der Peter seinen Wagen geparkt hatte. Die Splitter der zertrümmerten Scheibe glitzerten auf dem Beifahrersitz. »Mein schönes Auto! Eine

neue Scheibe, ein neues Skateboard ... Ach ja, und ein neues Handy ebenfalls. Das bedeutet eine Menge Rasenmäh-Jobs. Lasst uns nach Hause fahren.«

»Gleich«, sagte Bob. »Vorher möchte ich noch wissen, was Justus uns verschweigt.«

»Justus verschweigt uns etwas?«

»Ja. Am Telefon hast du gesagt, du hättest etwas über den Jadekönig herausgefunden, Just. Als Mr Sterling eben danach fragte, hast du so getan, als wäre es nicht wichtig gewesen. Aber ich kenne dich, Just. Du wolltest Sterling etwas verheimlichen.«

Der Erste Detektiv nickte anerkennend. »Gut kombiniert, Bob. Ich habe in der Tat einige Informationen für mich behalten. Und um jetzt keinen Verdacht zu erregen, schlage ich vor, dass wir erst mal zu meinem Wagen gehen, damit Mr Sterling uns von seinem Fenster aus nicht mehr sehen kann.« Onkel Titus' Pick-up stand ein Stück entfernt im Dunkeln.

»Nun sag schon!«, raunte Peter auf dem Weg dorthin. »Was für Informationen?«

»Ich hatte heute Abend eine interessante Begegnung. Ich habe nichts berichtet, weil mir Mr Sterlings Verhalten sehr fragwürdig vorkommt. Er hat die Polizei weggeschickt, obwohl er eure Geschichte zu diesem Zeitpunkt noch nicht kannte. Seine Erklärung dafür war zwar nachvollziehbar, aber ich möchte ihn trotzdem mit einem Fragezeichen versehen.«

»Einverstanden«, sagte Bob. »Was war das für eine Begegnung?«

Justus öffnete die hintere Ladeklappe des Pick-ups und setzte sich drauf. Dann begann er zu erzählen.

Nächtlicher Besuch

»Oje, hinter dem Schlafzimmerfenster brennt noch Licht!« Das war das Erste, was Mathilda Jonas sagte, als Justus vor der Einfahrt zum Schrottplatz hielt und aus dem Pick-up stieg. Er öffnete das Tor, steuerte den Wagen auf das Gelände und parkte ihn auf dem üblichen Platz neben dem Bürohäuschen.
Der Theaterbesuch lag endlich hinten ihnen. Zwei Stunden pure Langeweile. Justus war nur seiner Tante zuliebe mitgekommen, die nicht alleine hatte gehen wollen. Aber Tante Mathilda hatte sich Sorgen um ihren kranken Mann gemacht und war gar nicht bei der Sache gewesen. Am liebsten wären sie nach der Pause gegangen, doch beide hatten sich erst auf der Rückfahrt getraut, es dem anderen zu sagen.
»Ich hatte gehofft, dass Titus längst schläft.« Tante Mathilda stieg aus. »Hoffentlich ist sein Fieber nicht gestiegen! Ich sehe schnell nach ihm.«
»Ich komme mit«, sagte Justus. Er war auch besorgt. Seit Justus' Eltern vor vielen Jahren bei einem Unfall ums Leben gekommen waren, lebte er bei seiner Tante und seinem Onkel.
Doch als sie das Schlafzimmer betraten, saß Onkel Titus aufrecht im Bett und schaute sich eine Trödelsendung im Fernsehen an. »Schon zurück?«, fragte er gut gelaunt.
»Titus Jonas!« Tante Mathildas Sorge war schlagartig verflogen. »Du sollst dich gesund schlafen, anstatt auf die Mattscheibe zu starren!«
»Das habe ich versucht. Aber es hat jemand geklingelt und mich geweckt.«

»Geklingelt? Wer? Wann? Wo?«
»Draußen am Tor, vor einer Viertelstunde etwa. Hat mich aus dem Tiefschlaf gerissen. Ich bin aufgestanden und habe aus dem Fenster geschaut, doch da war niemand mehr zu sehen. Aber ich habe gemerkt, dass mein Fieber gesunken war. Es geht mir schon viel besser.«
»Und da dachtest du, dass du auch genauso gut den Fernseher einschalten kannst.«
»Ich habe auf dich gewartet!«, verteidigte sich Onkel Titus.
Justus lächelte. »Gute Nacht, ihr beiden. Ich gehe in die Zentrale. Vielleicht ist Bob noch da.«
»Mach nicht so lange«, ermahnte Tante Mathilda ihn. »Und schließ bitte das Tor, das habe ich gerade vergessen.«
Justus verließ das Haus. Am Tor warf er einen Blick auf die dunkle Straße. War der Besucher, der Onkel Titus geweckt hatte, vielleicht noch irgendwo zu sehen? Nein. Schulterzuckend schloss Justus ab und ging zum Kalten Tor, einem alten Kühlschrank, der wie zufällig an einen Schrottberg angelehnt war. In Wirklichkeit war es eine Geheimtür, die in ihr Detektivbüro führte – einen alten Campingwagen, der unter dem Gerümpel verborgen lag.
Bob hatte angekündigt, den Abend in der Zentrale zu verbringen und Schreibkram abzuarbeiten. Doch das Büro war verlassen. Der dritte Detektiv war entweder schon wieder weg oder gar nicht erst hier gewesen. Dafür blinkte das rote Lämpchen des Anrufbeantworters.
Justus hörte die Nachricht ab. Sie bestand nur aus einem kurzen Rauschen. Der Anrufer hatte nichts aufs Band gesprochen. Justus war irritiert und schaute auf sein Handy. Es befand sich

noch im Flugmodus. Er schaltete ihn aus und sah, dass er eine Nachricht von Bob bekommen hatte.

»Hey, Just! Peter steckt irgendwie in Schwierigkeiten. Er ist anscheinend mit einem Jungen namens Jock nach Beverly Hills gefahren und in einen Einbruch geraten. Die Verbrecher haben es wohl auf eine wertvolle Briefmarke abgesehen, den Jadekönig. Aber mehr konnte Peter mir nicht sagen, die Verbindung brach ab. Ich versuche, ihn zu finden, und bin gerade auf dem Weg zu Jocks Mutter. 224 Montebello Road. Ruf mich an!«

Justus stöhnte und fuhr sich durchs dunkle Haar. Wann war das denn passiert? Er war für gerade einmal zwei Stunden im Theater gewesen!

Sofort rief er Peter an, doch der ging nicht ans Telefon. Er wollte es gerade bei Bob versuchen, da hörte er ein Scheppern von draußen. Jemand war auf dem Schrottplatz!

Der Erste Detektiv warf einen Blick durch das selbst gebaute Periskop, mit dem man aus der Zentrale unbemerkt den Schrottplatz überwachen konnte. Es war im Grunde ein mit Spiegeln ausgestattetes Ofenrohr, das aus dem Dach des Campinganhängers ragte und sich drehen ließ.

Da! Eine dunkle Gestalt näherte sich der Zentrale! Es war weder Peter noch Bob. Justus schaltete die Lampe aus, damit kein Licht nach draußen drang. Dabei knarrte der Boden unter seinen Füßen. Draußen entfernten sich die Schritte wieder.

»Verdammt«, presste Justus hervor, riss die Tür auf und stürzte durchs Kalte Tor. Niemand war zu sehen. Doch der Unbekannte musste noch in der Nähe sein.

Justus schlich vorwärts und blieb dabei im Schatten des aufgehäuften Gerümpels. Bei einem Stapel Altmetall griff er nach einer rostigen Eisenstange und hielt sie fest in beiden Händen. Links ging es in die Freiluftwerkstatt. Ein naheliegendes Versteck. Justus hob die Stange, holte tief Luft und trat mit einem großen Schritt um die Ecke.

»Bitte tun Sie mir nichts, das ist ein Missverständnis!«

Vor ihm stand ein kleiner Mann. Er war etwa im Alter von Onkel Titus und hatte die Arme erhoben. Ängstlich blickte er Justus durch eine schwarze, runde Brille an, die auf einem schmalen Gesicht saß. Sein Anzug war ihm ein wenig zu groß, ebenso der altmodische Hut, der auf seinem Kopf saß. Er wirkte wie ein erfolgloser Versicherungsvertreter aus einem alten Schwarz-Weiß-Film. Justus meinte ihn schon einmal gesehen zu haben. Doch er kam nicht drauf, wann oder wo das gewesen sein könnte. Langsam ließ der Erste Detektiv die Eisenstange sinken.

Auch der Mann nahm zögerlich die Arme herunter. »Verzeihen Sie bitte, ich wollte wirklich nicht unbefugt hier eindringen.«

Justus war irritiert von der förmlichen Anrede. Allerdings stand er im Gegenlicht der Straßenlaterne, die über den Zaun schien. Der Mann hielt Justus wahrscheinlich für einen Erwachsenen. Das konnte von Vorteil sein. »Wer sind Sie?«, fragte Justus mit tiefer Stimme.

»Ich … ich bin Leopold Nelson.«

Aber natürlich! Leopold Nelson, einer der Experten aus der Trödelshow im Fernsehen! Onkel Titus hatte sie eben noch geschaut! Und war er nicht auch als passionierter Briefmarkensammler bekannt?

»Es tut mir wirklich leid, denn … Ich hatte geklingelt, aber es hat niemand aufgemacht. Da habe ich an der Straße gewartet, bis dieser Pick-up kam, und …«

»Und dann haben Sie sich auf das Grundstück geschlichen«, half Justus ihm auf die Sprünge.

»Ich wollte … Ich wusste ja nicht, wer … Ich sah nur jemanden in diesen Kühlschrank verschwinden und dachte …«

»Warum sind Sie hier?«

»Ich möchte Mr Andrews sprechen. Bob Andrews. Sind Sie das?«

Justus dachte blitzschnell nach. Ein Briefmarkenexperte aus dem Fernsehen. Der etwas von Bob wollte. Der wiederum gerade erst berichtet hatte, dass Peter in einen Fall mit einer berühmten Briefmarke gestolpert war. Nelsons unbefugtes Betreten des Grundstücks zu fortgeschrittener Uhrzeit ließ außerdem darauf schließen, dass sein Anliegen sehr dringend war. Einerseits wollte Justus sofort Bob anrufen oder ihm zur Montebello Road folgen. Andererseits wusste Leopold Nelson offenbar etwas, das Justus nicht wusste.

»Mr Andrews ist nicht da«, sagte Justus. »Sie können mit mir sprechen.«

»Es handelt sich um eine, nun ja, vertrauliche Angelegenheit. Es hat vielleicht auch Zeit bis morgen.«

Justus wagte einen Schuss ins Blaue: »Ich nehme an, es geht um den Jadekönig.«

Nelson zuckte kurz zusammen. Dann schien er sich zu entspannen. Plötzlich sprudelte es nur so aus ihm heraus. »Ja. Ja, ganz recht. Ich wusste ja nicht, dass Sie Bescheid wissen. Mr Andrews hat mich vor einer Stunde angerufen. Er hat mir nicht genau gesagt, worum es geht, nur dass er mich wegen des Jadekönigs sprechen möchte. Ich habe zurückgerufen, aber der Anrufbeantworter hat mich verunsichert.«

Das war also der Anruf in der Zentrale gewesen, bei dem keine Nachricht hinterlassen worden war.

»Es liegt mir sehr am Herzen, Sie so früh wie möglich zu informieren. Daher bin ich direkt nach Rocky Beach gekommen. Ich wollte nicht bis morgen warten. Die Adresse ließ sich über die Telefonnummer herausfinden, die Mr Andrews hinterlassen hat. Ich hoffe, es ist Ihnen nicht unangenehm, dass ich einfach so aufgetaucht bin. Ich wollte auch nicht unbefugt ... Ich wusste nur nicht, an wen ich mich wenden sollte. Einen Trödelhändler hatte ich nicht erwartet, wissen Sie. Na ja.«

Justus hatte keine Ahnung, wovon Leopold Nelson sprach. »Informieren worüber?«

»Wie bitte?«

»Worüber wollten Sie uns so früh wie möglich informieren?«

»Ach so, ja. Ich möchte von Ihrem großzügigen Angebot, wie sagt man, zurücktreten. Nichts für ungut, ich weiß es wirklich zu schätzen, dass Sie an mich gedacht haben, aber ich habe es mir noch einmal überlegt und es scheint mir ... nun ja, nicht der richtige Weg zu sein. Wenn Sie verstehen, was ich meine. Und mit dem Geld wäre es auch schwierig. Ich habe das noch mal durchgerechnet und ... äh ... Ich würde den Jadekönig lieber nicht ... wie sagt man ... käuflich erwerben.«

Käuflich erwerben? Justus war mehr als verblüfft. Bob hatte diesem Mann eine wertvolle Briefmarke zum Kauf angeboten? Was hatte das alles zu bedeuten?

Mr Nelson deutete sein Zögern offenbar falsch, denn er begann, sich wortreich zu erklären. »Ich weiß, ich hatte Interesse bekundet! Schließlich wird einem der Jadekönig ja nicht jeden Tag angeboten, nicht wahr. Aber ich hatte mich verkalkuliert. Das kann ja mal passieren.« Er lachte unsicher. Justus sah, wie eine Schweißperle unter Nelsons Hut hervorrann. Der Mann hatte so viel Angst, dass Justus sie förmlich riechen konnte. »Ich möchte Ihnen auf keinen Fall Unannehmlichkeiten bereiten. Wirklich nicht. Ich hätte vielleicht nicht herkommen sollen. Das war dumm von mir. Aber ich werde Sie nicht verraten. Ich meine natürlich ...« Mr Nelsons Selbstbeherrschung brach in sich zusammen. Er riss sich den Hut vom Kopf und drückte ihn an die Brust, während er Justus flehend ansah. »Bitte lassen Sie mich gehen!« Seine Stimme war kaum mehr als ein Flüstern.

Nelson tat Justus leid. Es war Zeit, das Missverständnis aufzuklären.

»Ich bin wohl nicht derjenige, für den Sie mich halten.« Justus trat aus dem Gegenlicht heraus, sodass Nelson sein Gesicht sehen konnte.

»Du bist ja noch ein Junge!«, keuchte sein Gegenüber.

»Justus Jonas«, stellte der Erste Detektiv sich vor. »Und Sie kenne ich aus dem Fernsehen, Mr Nelson. Bob Andrews ist ein Freund von mir. Vor wenigen Minuten habe ich erfahren, dass er in Schwierigkeiten steckt. Schwierigkeiten, mit denen Sie irgendwie in Verbindung stehen. Aber mir ist gänzlich unklar, welcher Art diese Verbindung ist.«

Mr Nelson brauchte mehrere Sekunden, um diese unerwartete Wendung zu verdauen. »Aber ... aber ... Augenblick mal. Das ist alles ein großes Missverständnis!« Er schüttelte den Kopf, setzte sich den Hut wieder auf und senkte den Blick. »Ich muss sofort gehen«, murmelte er. »Verzeihen Sie. Äh ... du.« Eiligen Schrittes verließ er die Freiluftwerkstatt.

Justus wartete, bis Mr Nelson am Tor selbst herausgefunden hatte, dass es verschlossen war und er hier nicht so einfach herauskam, bevor er hinter ihn trat. »Ich kann Sie leider nicht gehen lassen, Mr Nelson. Nicht, bevor ich weiß, was vor sich geht. Warum sind Sie hergekommen? Was wollte Bob von Ihnen?«

Doch Nelson schüttelte vehement den Kopf. »Du bist noch ein Junge«, wiederholte er. »Das ist ein Missverständnis. Ein großes Missverständnis.«

»Das mag sein. Aber ich muss es trotzdem wissen. Unser Freund Peter ist in Gefahr.«

»Was für eine Gefahr?«

Justus erzählte Nelson von Bobs Anruf. Nelson wurde bleich. »Das ist alles ein großes Missverständnis«, sagte er zum dritten Mal. »Ich ... ich dachte ... Du liebe Güte, meine Karriere! Ich bin ruiniert.«

Nelson tat ihm zwar leid, doch langsam wurde Justus auch wütend. »Mr Nelson«, sagte er streng. »Ihre Karriere interessiert mich nicht. Ich muss meinen Freunden helfen, und zwar jetzt. Sie wissen offensichtlich mehr darüber. In was sind die beiden hineingeraten?«

»Ich ... ich weiß es nicht. Ich kenne deine Freunde doch gar nicht.«

»Aber Sie wissen etwas mit dem Jadekönig anzufangen. Sagen Sie mir, warum Sie hier sind! Was ist das für ein Missverständnis?«

Mr Nelson begann zu schwanken und hielt sich am Tor fest. Werd jetzt bloß nicht ohnmächtig!, dachte Justus und führte Nelson vorsichtig ein paar Meter weiter, wo unter einem großen Sonnenschirm seit einigen Tagen als Blickfang für die Kunden alte Möbel standen und eine Art Freiluftwohnzimmer abgaben. Justus bugsierte Mr Nelson vorsichtig in einen herrschaftlichen roten Samtsessel und gab ihm ein paar Augenblicke zum Verschnaufen. »So, und jetzt reden Sie!«

Der zwölfte König

Nelson schaute zu ihm hoch. Sein Widerstand erlosch. »Also gut. Du weißt, wer ich bin. Ich mache bei *Schatzsucher* mit, dieser Trödelsendung im Fernsehen. Eine Menge Leute kennen mich. Ich bin der, na ja, ich würde mal sagen, der lustige schräge Vogel, der mit dem Vergrößerungsglas antike Spieluhren, Schmuck und Briefmarken betrachtet und eine Expertenmeinung abgibt. Es ist kein Geheimnis, dass ich privat vor allem Briefmarken sammle. Ich habe in mehreren Interviews erzählt, welche berühmten Marken sich in meinem Besitz befinden – und welche nicht. Vor ein paar Tagen bekam ich einen Anruf. Ein Mann, der seinen Namen nicht nennen wollte, machte mir ein Angebot. Er wollte mir eine Briefmarke verkaufen.«

»Den Jadekönig«, riet Justus.

Nelson nickte. »Er ist die letzte große Marke, die mir noch fehlt. Weißt du, wie viele es davon auf der Welt gibt?«

»Nein.«

»Elf. Genau elf. Und ich kenne alle elf derzeitigen Eigentümer. Aber keiner von ihnen ist bereit, zu verkaufen.«

»Einer offenbar doch.«

Leopold Nelson schüttelte den Kopf. »Vier Marken befinden sich in Asien. Zwei in Japan, eine in China, eine in Korea. Die Besitzer sind allesamt reiche Geschäftsleute. Eine Marke ist in Brasilien. Eine in Kolumbien. Und fünf weitere in Europa. Kein einziger Jadekönig befindet sich in den Vereinigten Staaten.«

»Der Anrufer könnte nur ein Mittelsmann gewesen sein«, gab Justus zu bedenken.

»Aber alle Eigentümer wissen, dass ich großes Interesse an der Marke haben. Der Umweg über diesen zwielichtigen Zeitgenossen ergäbe keinen Sinn.«

Justus runzelte die Stirn. »Wie erklären Sie sich dann das Angebot? Eine Fälschung?«

»Das war mein erster Gedanke. Deshalb klärte ich den Anrufer sofort darüber auf, dass ich ein Experte auf dem Gebiet bin. Ich werde zurate gezogen, um echte von gefälschten Marken zu unterscheiden. Einen gefälschten Jadekönig würde ich sofort erkennen. Doch der Mann beteuerte, dass die Marke echt sei.«

»Also wurde sie gestohlen.«

Nelson schüttelte den Kopf. »Ich hätte es sehr wahrscheinlich mitbekommen, wenn einer der elf Jadekönige gestohlen worden wäre.«

»Hm«, machte Justus und begann, an seiner Unterlippe zu zupfen. »Ihrer Einschätzung nach ist die Marke also weder eine der elf, die auf der Welt existieren, noch ist sie eine Fälschung. Wie soll das möglich sein?«

»Es gibt nur eine logische Erklärung«, sagte Mr Nelson. Er senkte die Stimme und beugte sich verschwörerisch vor. »Es ist der zwölfte Jadekönig.«

»Der zwölfte? Aber Sie sagten gerade, dass es nur elf gebe.«

»Bis vor dreizehn Jahren gab es zwölf. Der zwölfte gehörte einem Amerikaner. Christopher Escott.«

»Etwa der berühmte Filmproduzent?«

»Genau der.«

»Aber Escott ist längst tot.«

»Richtig. Zu Lebzeiten wollte er den Jadekönig nicht verkaufen, genau wie alle anderen. Nachdem er gestorben war, versuchte ich es bei seiner Familie. Aber angeblich war die Marke plötzlich verschwunden.«

»Was soll das heißen, verschwunden?«

»Nun ja, sie befand sich nicht mehr in Escotts Haus. Und sie tauchte auch nicht in seinem Testament auf. Das war ungewöhnlich, denn ansonsten hatte Escott alles sehr genau geregelt. Sein stattliches Vermögen und seine verschiedenen Immobilien gingen an diverse entfernte Verwandte.«

»Nicht an seine Kinder?«, wunderte sich der Erste Detektiv.

»Er hatte keine. Er war auch nicht verheiratet. Und Geschwister gab es ebenfalls nicht. Daher erbten ein paar Cousins alles, was er hatte. Aber wie gesagt: Der Jadekönig war angeblich nicht dabei.«

»Sie sagen ›angeblich‹. Bezweifeln Sie es?«

Leopold Nelson zuckte mit den Schultern. »Nun ja, ich bin mir bis heute nicht sicher, ob Escotts Verwandte mir wirklich die Wahrheit gesagt haben oder mich einfach abwimmeln wollten. Ich habe also nie herausgefunden, ob der Jadekönig wirklich verschollen ist.«

»Aber Sie vermuten, dass es genau diese Marke ist, die der Unbekannte Ihnen angeboten hat.«

Nelson nickte. »Deshalb habe ich das Angebot ja auch angenommen. Um mehr herauszufinden, verstehst du? Aber dann dachte ich länger und länger über diese Geschichte nach und ... und ...« Mr Nelson rang die Hände, nahm erneut seinen Hut ab und begann ihn zu kneten. »Wie soll ich sagen. Es ist ... kompliziert.«

»Ich finde es gar nicht kompliziert«, kam Justus ihm zu Hilfe. »Sie wollen den Jadekönig unbedingt haben. Gleichzeitig können Sie sich aber nicht vorstellen, dass der Mann auf legalem Weg an die Marke gekommen ist. Sie waren hin- und hergerissen. Zunächst haben Sie Interesse bekundet. Aber jetzt, nach reiflicher Überlegung, erscheint Ihnen die Angelegenheit doch zu heikel und Sie möchten von dem Angebot lieber zurückzutreten.«

»Nun, äh ... ja«, bekannte Nelson kleinlaut. »Genau so ist es. Die Sache ist mir einfach nicht geheuer. Vorgestern beschloss ich auszusteigen. Aber der ... ›Händler‹ hatte mir keine Möglichkeit gegeben, ihn zu kontaktieren. Er hatte nur gesagt, er würde sich noch einmal melden für den genauen Zeitpunkt und den Ort der Übergabe. Tja, und dann rief vorhin dein Freund Bob an und sagte, er wolle mit mir über den Jadekönig sprechen.«

»Sie dachten, es würde um den Verkauf gehen.«

Nelson nickte. »Ich war erleichtert, dass ich endlich die Möglichkeit hatte, aus der Sache auszusteigen, und rief zurück. Aber dann war da dieser komische Anrufbeantworter. Irgendwas mit Detektiven? Ich war verunsichert. Und dachte, ich finde am besten die Adresse heraus, die zu der Telefonnummer gehört, und komme persönlich her. Dass ein zwielichtiger Händler aber womöglich gar nicht gesehen werden will, wurde mir erst klar, als ich vor eurem verschlossenen Tor stand.«

»Zum Glück sind Sie aber keinesfalls bei einem zwielichtigen Händler gelandet«, erinnerte Justus ihn. »Sondern bei mir.«

»Ja. Ja, wirklich, ein großes Glück!«

Der Erste Detektiv nickte nachdenklich. »Meine Freunde

Bob und Peter und ich sind ein Detektivteam, Mr Nelson. Wir haben schon viele Fälle erfolgreich lösen können. Allerdings haben wir gerade keinen Fall in Arbeit, der mit den jüngsten Ereignissen in Verbindung stehen könnte. Und auch Ihre Geschichte gibt keinen Aufschluss darüber, wie Peter in die Sache hineingeraten ist.«

»Ich kann mir auch keinen, wie sagt man, Reim darauf machen.«

»Die Vermutung liegt nahe, dass der Unbekannte Ihnen eine Briefmarke angeboten hat, die sich noch gar nicht in seinem Besitz befindet. Sonst hätte er sofort etwas mit Ihnen zwecks einer Übergabe vereinbart. Er muss sie vermutlich erst noch an sich bringen, also stehlen.« Justus zog sein Handy aus der Tasche. »Ich wollte gerade Bob anrufen, als ich Sie hier draußen bemerkte. Das hole ich jetzt nach.«

Glücklicherweise ging Bob sofort dran.

»Just! Endlich!«

»Bob! Ich habe vorhin erst deine Nachricht gehört. Was ist eigentlich los!?«

»Wenn ich das wüsste! Hör zu, ich bin bei ... Ach, egal. Ich habe gerade herausgefunden, dass Peter sich möglicherweise im Lincoln Drive in Beverly Hills befindet.«

»Der ist im Lincoln Canyon, nehme ich an. Finde ich. Hör zu, Bob, ich habe etwas über den Jadekönig herausgefunden.«

»Über den Jadekönig? Okay, aber kann das warten? Wir sollten keine Zeit verlieren. Wer weiß, was mit Peter ist.«

»Du hast recht. Ich mache mich gleich auf den Weg. Wir treffen uns im Lincoln Drive.« Justus legte auf. »Ich muss jetzt gehen, Mr Nelson.«

Leopold Nelson räusperte sich. »Ich würde euch gerne helfen, wenn ich kann«, sagte er und drückte Justus eine Visitenkarte in die Hand. »Du kannst mich jederzeit anrufen.«
»Und Sie uns«, antwortete Justus und gab Nelson seinerseits eine Karte der drei Detektive. »Bitte melden Sie sich, sobald der Verkäufer Kontakt zu Ihnen aufnimmt.«
»Das werde ich tun«, versprach Nelson.
Der Erste Detektiv öffnete das Tor und rangierte Onkel Titus' Pick-up vom Schrottplatzgelände. Nelson ging zu seinem Wagen, während Justus sich auf den Weg zum Lincoln Canyon machte.

Staunend hatten Bob und Peter dem Bericht des Ersten Detektivs gelauscht.
»Als ich den MG sah, wusste ich, dass ich richtig bin«, endete Justus. »Wo ist eigentlich dein Wagen, Bob?«
»Ein kleines Stück die Straße runter in einem Waldweg. Ich wollte auf Nummer sicher gehen.«
»Wie geht es jetzt weiter?«, fragte Peter, während er auf die funkelnde nächtliche Stadt blickte. »Versuchen wir, das Geheimnis des zwölften Jadekönigs zu lüften? Weil wir ja sonst nichts zu tun haben?«
»Selbstverständlich. Ich schlage vor –«
Bob hob alarmierend die Hand und brachte den Ersten Detektiv zum Verstummen. »Pst! Seht mal, da vorne!«
Gavin Sterling hatte sein Haus verlassen und fuhr gerade in einem schwarzen Ford Mustang aus der Garage. Da die drei ??? weit genug entfernt waren, hatte Sterling sie nicht bemerkt.
»Wo will der denn so spät noch hin?«, fragte Peter flüsternd.

»Das ist eine berechtigte Frage, Zweiter. Schnell, in den Pick-up!«
Sie sprangen in den Wagen. Justus löste die Handbremse und nahm den Gang heraus. Der Wagen rollte langsam, dann immer schneller rückwärts.
»Was machst du denn da?«, rief Peter.
»Wenn ich den Motor anlasse, bemerkt Sterling uns! Bob, wo ist dieser Waldweg, in dem dein Wagen steht?«
»Noch ein kleines Stück weiter, kurz vor der Kurve.«
Justus blickte konzentriert in den Rückspiegel. Der Wagen rollte etwa fünfzig Meter, bevor der Waldweg in Sicht kam. Der Erste Detektiv riss das Lenkrad herum und der Pick-up rollte rückwärts auf den Pfad. Keinen halben Meter vor Bobs Käfer kam er zum Stehen.
»Das war aber knapp«, seufzte Bob.
Sie warteten.
Das Scheinwerferlicht des Mustang näherte sich, dann fuhr Sterling an ihnen vorbei.
»Und jetzt?«, flüsterte Peter, obwohl das Flüstern vollkommen unnötig war.
»Jetzt lassen wir genügend Abstand und dann folgen wir ihm.«

Der missratene Onkel

Bob stieg schnell in seinen eigenen Wagen um. Gemeinsam fuhren sie los. Die Verfolgung von Gavin Sterling war riskant. Die Gegend war so einsam, dass ein einziges weiteres Auto auf der Straße sofort Sterlings Aufmerksamkeit erregen würde. Also ließen Justus und Bob die Scheinwerfer ihrer Wagen ausgeschaltet.

»Das ist echt gefährlich, was wir hier machen, Just«, murmelte Peter auf dem Beifahrersitz. Besorgt hielt er Ausschau nach Kaninchen oder Kojoten, die jederzeit aus der Böschung hervorbrechen und auf die Straße laufen konnten.

»Aber notwendig«, gab Justus zurück und konzentrierte sich darauf, auf der nur vom Mondlicht erhellten Straße zu bleiben. Endlich erreichten sie das Ende des Canyons und bogen auf eine normal befahrene Straße ein. Justus schaltete das Licht ein. Nun ging es darum, Sterling nicht aus den Augen zu verlieren.

Bob, der dem Pick-up hinterherfuhr, hatte schon bald eine Ahnung, wohin Sterling wollte. Diese Ahnung verdichtete sich, als der Schriftsteller in East Los Angeles Richtung Güterbahnhof abbog. Er fuhr in die Montebello Road und kam vor dem Haus mit der Nummer 224 zum Stehen. Die drei Detektive hielten in ausreichender Entfernung.

»Das ist das Haus, in dem Jock mit seiner Mutter wohnt«, raunte Bob seinen Freunden zu, während sie hinter der Ladefläche des Pick-ups in Deckung gingen und beobachteten, wie Mr Sterling auf das Haus seiner Schwägerin und seines Neffen zuging. »Kommt, wir schleichen uns ran.«

Ungesehen arbeiteten sich die drei Detektive bis zum Haus von Judith Sterling vor. Hinter dem Zaun zum Nachbargrundstück gingen sie in die Hocke. Hier konnten sie durch die Ritzen zwischen den Zaunlatten hindurchschauen.
Mrs Sterling stand im Türrahmen und hatte die Arme abweisend vor der Brust verschränkt. Finster sah sie auf ihren Schwager hinab, der am Fuß der kurzen Treppe stand.
»Willst du mich wirklich die ganze Nacht hier draußen stehen lassen, Judith?«, fragte Sterling gereizt.
»Ich habe nicht vor, die ganze Nacht mit dir zu reden, Gavin. Sag, was du zu sagen hast, und dann fahr wieder nach Hause. Ich bin müde.«
»Ich habe es dir bereits gesagt. Ich will Joseph sprechen.«
»Zum dritten Mal: Der ist nicht da!«
»Wo ist er?«
»Das weiß ich nicht.«
Sterling schüttelte den Kopf. »Mich wundert langsam gar nichts mehr. Du hast den Jungen kein bisschen unter Kontrolle, Judith. Er ist dir vollkommen entglitten!«
»Ich glaube nicht, dass ich dich als Erziehungsberater brauche, Gavin. Du hast keine Kinder. Und ich kann mich nicht entsinnen, wann du dich das letzte Mal um Joseph gekümmert hast.«
»Warum hätte ich das auch tun sollen. Joseph hat mich nie gemocht. Schon als Kind nicht. Soll ich jetzt mit ihm Baseball spielen gehen, oder was? Der Bengel gehört in ein Erziehungsheim!«
»Das sieht dir ähnlich, Gavin. Was heißt, er hat dich nicht gemocht? Er war enttäuscht! Du bist sein Patenonkel und hast

nichts, aber auch rein gar nichts für ihn getan, nachdem Paul gestorben war.«

»Was hätte ich denn tun sollen, liebe Judith?«, fragte Sterling mit eisiger Stimme. »Ihm Geld geben? Damit du es dir einsteckst und damit um die Häuser ziehst?«

Mrs Sterling sog scharf die Luft ein, sagte dann aber bemüht ruhig: »Das tue ich schon seit Jahren nicht mehr.«

»Damals hast du es getan.«

»Es ging mir nach Pauls Tod miserabel. Und dir war es vollkommen egal, Gavin. Du warst auf einem Höhenflug mit deinem bescheuerten Roman und dem Reichtum, den du damit angehäuft hast. Hauptsache, dir ging es gut! Sogar das Wochenendhaus hast du dir unter den Nagel gerissen.«

»Ich habe mir gar nichts unter den Nagel gerissen. Es ist *mein* Wochenendhaus! Es gehörte Pauls und meinen Eltern! Hätte ich es dir schenken sollen? Damit du es verkaufst und das Geld verprasst? Das Haus ist das Letzte, was mir von meinem Bruder geblieben ist!«

»Und was blieb mir von meinem Mann?« Mrs Sterlings Stimme war in ein schrilles Schreien gekippt. Sie räusperte sich und rang um Fassung. Ein wenig leiser fuhr sie fort: »Es war mir immer klar, dass *ich* dir egal bin, Gavin. Und damit habe ich auch kein Problem. Aber auch dein Neffe, der Sohn deines angeblich so geliebten Bruders, kümmert dich einen Dreck!«

»Was heißt hier angeblich!«

»Heute ist sein Todestag! Gib zu, du hast keine Sekunde an ihn gedacht!«

»Ich hatte eine wichtige Lesung.«

»Ja, genau«, sagte Judith verbittert. »*Du* hattest eine Lesung.«

»Jetzt will ich dir mal was sagen, liebe Judith. Du hast absolut keine Ahnung, was in den letzten Stunden passiert ist. Ich wollte es eigentlich mit Joseph unter vier Augen klären. Aber es kann nicht schaden, wenn du erfährst, was dein sauberer Sohn so treibt. Er ist bei mir eingebrochen! Bei seinem eigenen Onkel! Er wollte mich bestehlen!«

»Unsinn. Das würde er niemals tun.«

»Das ist kein Unsinn! Dein Sohn ist ein Krimineller und du willst es nicht wahrhaben, so sieht es aus, meine Liebe!«

»Nicht so laut«, bat Judith und blickte besorgt die Straße hinunter. Hinter dem Zaun zogen die drei ??? unwillkürlich die Köpfe ein. »Das muss ja nicht gleich jeder mitkriegen. Komm rein!«

»Ach, auf einmal?«

»Nun mach schon!«

Widerwillig betrat Mr Sterling das Haus. Die Tür schloss sich.

»Verflixt«, murmelte Justus. »Wir müssen näher ran.«

»Meinst du wirklich?«, fragte Peter. »Dabei kommt doch nichts heraus. Die beiden machen sich gegenseitig Vorwürfe. Wie soll uns das weiterhelfen? Mit unserem Fall hat das nichts zu tun.«

»Jede Information kann wichtig sein«, erinnerte ihn der Erste Detektiv und kletterte unbeholfen auf eine in der Nähe stehende Mülltonne. Von dort aus quälte er sich über den Zaun auf das Grundstück. Peter und Bob folgten ihm. Sie umrundeten geduckt das Haus, bis sie unter dem Wohnzimmerfenster ankamen. Es war ein Stück nach oben geschoben. Die Stimmen der beiden waren deutlich zu vernehmen. Mrs Sterling klang nun wesentlich ruhiger.

»Es könnte auch dieser andere Junge gewesen sein. Dieser Peter. Vielleicht hat er Joseph angestiftet.«
»Ich habe mit Peter und seinen Freunden gesprochen. Es war wohl eher andersrum.«
Sie atmete tief durch. »Hat er … hat er etwas gestohlen?«
»Nein. Aber nur deshalb nicht, weil er gestört wurde. Diese anderen Einbrecher waren Profis. Die haben – wie dein Sohn – ausgenutzt, dass ich heute Abend meine Veranstaltung hatte. Wenn Joseph nicht ebenfalls unbefugt in mein Haus eingedrungen wäre, hätten sie einfach ein paar Wertsachen mitgenommen und wären wieder verschwunden. So aber sind alle aufeinandergetroffen und es endete in einem unfassbaren Chaos! Mein halbes Haus ist zerstört.«
»Aber auch die Einbrecher haben nichts mitgehen lassen?«
»Soweit ich auf den ersten Blick feststellen konnte, nein.«
»Du hast noch nicht genau nachgesehen?«
»Ich wollte mir erst deinen Sohn vorknöpfen.«
»Du hast dich also nicht mal vergewissert, dass der Jadekönig noch da ist?«
»Der … was?« Sterling war hörbar erschrocken.
Anders als Mrs Sterling. In ihrer Stimme lag nun eine kalkulierende Kälte. »Der Jadekönig. Ich kenne mich mit Briefmarken nicht aus. Aber der Jadekönig sagt mir was. Ich weiß, dass du Sammler bist, aber mir war nicht klar, dass du eine so wertvolle Marke besitzt!«
»Das tue ich auch nicht. Die Täter dachten das zwar, aber es stimmt nicht. Der Freund von diesem Peter, Bob, hat dir davon erzählt, stimmt's?«
»Ja. Erinnerst du dich an Christopher Escott?«

»Wen?«
»Christopher Escott! Tu nicht so, als hättest du ihn vergessen. Er war ein sehr reicher Mann. Und er hat ebenfalls Briefmarken gesammelt.«
»Ja, mag sein. Worauf willst du hinaus?«
»Gibt es da vielleicht irgendeine Verbindung, Gavin?«
»Ich weiß nicht, was du meinst. Es ist spät. Ich sollte jetzt gehen. Sag Joseph, dass ich ein Hühnchen mit ihm zu rupfen habe! Ich erwarte von ihm, dass er sich meldet.«
Polster knarrten und kurz darauf verließ Gavin Sterling das Haus, stieg in seinen Wagen und fuhr davon. Als er außer Sichtweite war, verließen auch die drei ??? ihr Versteck und kehrten zum Pick-up zurück.
»Mr Sterling war ziemlich erschrocken, als seine Schwägerin den Jadekönig erwähnte«, stellte Bob fest.
»Das ist mir auch aufgefallen«, sagte Peter.
»Und auch der Rest des Gesprächs war äußerst aufschlussreich«, fand Justus. »Judith Sterling kannte anscheinend Christopher Escott. Den verstorbenen Besitzer des zwölften Jadekönigs. Und sie wollte ihrem Schwager mit der Erwähnung von Escott offenbar auf den Zahn fühlen. Nur warum?«
»Ob Mr Sterling die Briefmarke von Escott gekauft hat?«, fragte Bob.
»Ich denke, er hat ihn nicht!«
»Das will er zumindest uns und seine Schwägerin glauben machen«, sagte Justus nachdenklich.
»Du meinst, er hat ihn doch?«, fragte der Zweite Detektiv. »Das ist mir alles zu verworren.«
»Dann sollten wir mit dem Entwirren beginnen«, schlug Jus-

tus vor. »Ich habe bereits eine Reihe von Ideen. Zunächst müssen wir unbedingt mehr über diesen Christopher Escott herausfinden, bevor wir –«

»Aber ganz bestimmt nicht mehr jetzt«, unterbrach Peter ihn und gähnte herzhaft. »Mir reicht's für heute. Und ich beantrage, sämtliche weiteren Besprechungen auf morgen zu verschieben.«

Bobs Hand schnellte in die Höhe. »Antrag angenommen!«

Justus war überstimmt. Und so ging für die drei Detektive ein sehr langer Tag zu Ende.

Die Kirche am Hafen

Am nächsten Morgen fuhr Bob gleich nach dem Frühstück in die Zentrale und machte sich an die Arbeit. Er versuchte, mehr über Christopher Escott herauszufinden, den ehemaligen Besitzer des zwölften Jadekönigs. Der bekannte Filmproduzent war vor dreizehn Jahren mit nur achtundvierzig an Krebs gestorben. Über sein Privatleben war nicht viel bekannt, außer dass er keine Kinder gehabt hatte und auch nie verheiratet gewesen war. Dafür hatte er in seinem Berufsleben umso deutlichere Spuren hinterlassen. Eine Reihe der Filme, die er gemacht hatte, kannte Bob.

»Aha!«, rief der dritte Detektiv gerade in dem Moment, als Justus mit einer dampfenden Tasse Kaffee in der Hand die Zentrale betrat. Er sah verknittert und müde aus.

»Du bist schon da«, murmelte der Erste Detektiv verwundert. »Und hast anscheinend schon etwas herausgefunden. Oder wie darf ich deinen Ausruf der Erkenntnis verstehen?«

»Genau so. *Das Tal der Verdammten*, der Roman von Gavin Sterling, wurde verfilmt. Ich habe gerade gelesen, wer der Produzent dieses Films war.«

»Christopher Escott«, riet Justus. »Da hätten wir also eine Verbindung.«

»Genau. Leider erklärt das aber nicht, was diese Verbindung mit dem Jadekönig zu tun haben könnte.« Bob begann, nach weiteren Informationen zu suchen, während Justus ihm dabei über die Schulter sah und langsam seinen Kaffee schlürfte. »Es könnte eine private Verbindung gegeben haben, von der das

Internet nichts weiß«, murmelte Bob. »Vielleicht lohnt es sich, Menschen aus Escotts Umfeld zu befragen. Seine Erben vielleicht. Oder alte Nachbarn. Seine letzte Adresse habe ich schon herausgefunden.«

In diesem Moment betrat auch Peter die Zentrale. Er sah nicht weniger müde aus als Justus. »Lasst mich raten«, murmelte er, ohne sich mit einer Begrüßung aufzuhalten. »Du hast schon wieder zehntausend Dinge herausgefunden, Bob, und du, Just, hast bereits eine lange Liste von Aufgaben, die wir jetzt abarbeiten müssen, um den Fall zu lösen.«

»Nicht ganz«, antwortete Bob. Da klingelte das Telefon in der Zentrale. Bob schaltete den Verstärker ein. »Bob Andrews von den drei Detektiven.«

»Hi, Bob, hier ist Stacy.«

»Wer?«

»Stacy. Von gestern Abend. Im Skatepark.«

»Ach! Ach so, ja.«

»Du hattest mir deine Nummer gegeben. Also diese komische Karte. Wie du dich meldest …! Detektive und so …«

»Ja, äh, was gibt's denn?« Bob tastete nach dem Schalter für den Lautsprecher, um ihn auszuschalten, doch Peter zog kichernd seine Hand weg.

»Ich weiß, wo Jock ist.«

Bob richtete sich auf und vergaß den Lautsprecher. »Tatsächlich?«

»Ja. Die Schwester der Freundin seines Freundes Rusty hat's mir erzählt. Bei dem ist er nämlich. Also bei Rusty. Dessen Eltern sind gerade nicht da. Die wohnen in Venice.« Sie gab die Adresse durch und Bob schrieb mit.

»Wow, das ist super, Stacy, vielen Dank!«
»Gerne. Und sag mal ...«
»Ja?«
»Ich habe mich gefragt, ob ... na ja ... ob du vielleicht mal Zeit hast auf ... ein Eis oder so?«
Bob wurde rot. »Ich, oh, also ... Das ist gerade schlecht, weil ... meine Mutter mich gerade ruft.«
»Ich meine ja auch nicht jetzt«, erwiderte Stacy etwas pikiert, »sondern –«
»Ich muss Schluss machen, Stacy. Sorry. Danke! Tschüss.« Blitzschnell legte Bob auf.
Der Zweite Detektiv krümmte sich vor Lachen.
»Sehr witzig, Peter.«
»Die arme Stacy.«
»Wir sollten hinfahren«, sagte Justus.
»Zu Stacy? Ja. Ich finde auch. Wir sollten ihr sagen, dass Bob selbstverständlich sehr gern mit ihr Eis essen gehen würde!«
»Zu Jock natürlich«, beendete Justus Peters Albernheiten. »Er hat mindestens so viel zu verbergen wie sein Onkel. Wir sollten ihm auf den Zahn fühlen.«
»Was ist mit Escott?«, fragte Bob.
»Wir teilen uns auf«, erwiderte Justus.
»Ich fahre zu Jock«, sagte Peter. »Schließlich bin vor allem ich es, der mit ihm noch eine Rechnung offen hat. Mein Auto steht zwar noch im Lincoln Drive, aber bis nach Venice ist es ja nicht weit. Da kann ich auch mit dem Fahrrad hinradeln. Und dann knöpf ich ihn mir vor!«
»Okay, dann werde ich –«
»Justuuus!«, hallte Tante Mathildas Stimme über den

Schrottplatz. »Justus Jonas, hockst du etwa schon am frühen Morgen in deinem dunklen Schuhkarton?«

»– von deiner Tante Mathilda zum Arbeiten abkommandiert«, beendete Peter den Satz des Ersten Detektivs.

Die drei Jungen verließen die Zentrale.

»Was gibt's denn, Tante Mathilda?«

»Na, was wohl. Arbeit! Dein Onkel ist krank. Und ich bin im Büro mit der Abrechnung beschäftigt. Jemand muss sich um die Kunden kümmern! Der Herr dort drüben sucht ein Radio. Zeigst du ihm bitte, was wir haben?«

Justus seufzte. »Muss das sein, Tante Mathilda? Wir stecken gerade in wichtigen Ermittlungen und –«

»Die lassen sich auch später noch ermitteln, diese Ermittlungen. Ich bin in einer Stunde fertig. Aber bis dahin brauch ich dich.«

Justus seufzte ein zweites Mal. »Ihr habt es gehört, Kollegen. Geht schon mal an die Arbeit. Ich komme zu diesem Rusty nach, sobald ich kann. Meldet euch, wenn es Schwierigkeiten gibt.«

»Mein Handy liegt im Lincoln Canyon«, erinnerte Peter ihn.

Justus gab ihm seins. »Ich bin ja in der Zentrale erreichbar.«

Bob und Peter nickten und machten sich auf den Weg.

Eine knappe Stunde später hatte Justus nicht nur ein Radio verkauft, sondern auch eine Garderobe, vierzehn Schallplatten, einen Stapel Sammelkarten und einen Klodeckel. Der Kunde mit dem Klodeckel hatte gerade den Schrottplatz verlassen, als das Telefon in der Zentrale klingelte. Der Erste Detektiv eilte durch das Kalte Tor.

»Justus Jonas von den drei Detektiven.«

»Justus! Gut, dass ich dich erwische. Hast du einen Augenblick Zeit?« Es war Leopold Nelson. Und er ließ Justus gar nicht erst zu Wort kommen. »Ich bin ja so erleichtert! Der ›Händler‹ hat sich gemeldet. Und er hat das Geschäft platzen lassen! Da wollte ich dir gleich Bescheid geben. Das ist gerade noch mal gut gegangen, was?« Nelson lachte.

»Einen Augenblick«, sagte Justus. »Wann hat der Mann angerufen?«

»Heute Morgen. Er hat eine Nachricht hinterlassen, hier bei mir im Laden.«

»Könnten Sie mir die vielleicht vorspielen?«

»Ja, sicher. Moment. Ach, verdammt. Wie geht denn das ... Momentchen noch ... Das muss doch irgendwie ...« Es piepte und klackerte in der Leitung, während Leopold Nelson versuchte, die Nachricht abzuspielen. Nach einer Minute gab er auf. »Tut mir leid, Justus, aber das scheint nicht zu funktionieren. Telefonieren und Nachrichten abspielen gleichzeitig, meine ich.«

»Was hat der Mann denn gesagt?«

»Dass etwas dazwischengekommen wäre. Und dass er sich wieder melden würde. Ich konnte ihn schlecht verstehen, weil im Hintergrund ständig Lärm war.«

Justus horchte auf. »Lärm, sagen Sie?«

»Ja, wie von einer Baustelle. Und dann noch Glockengeläut.«

»Wann hat der Mann denn genau angerufen?«

»Es ist noch nicht allzu lange her. Augenblick ... Um Punkt halb zehn, wird mir angezeigt.«

»Ich würde diese Nachricht sehr gern mal hören, Mr Nelson.«

»Er hat wirklich nicht viel gesagt.«
»Es könnte trotzdem aufschlussreich sein«, deutete Justus an. »Ihr Geschäft ist im Pico Boulevard in Santa Monica, nicht wahr?«
»Ja, richtig.«
Bis Santa Monica war es nicht weit. »Ich bin in einer Viertelstunde bei Ihnen.« Der Erste Detektiv legte auf und verließ die Zentrale. Zum Glück war Tante Mathilda gerade mit ihrer Abrechnung fertig und ließ Justus gehen. Außerdem durfte er den Pick-up nehmen, da Onkel Titus ohnehin noch im Bett lag. Die Straßen waren frei, und so erreichte Justus den Antiquitätenladen im Pico Boulevard pünktlich. Werbewirksam hatte Mr Nelson sein Geschäft *Schatzsucher* genannt, wie die Sendung, in der er mitwirkte. Sein Geschäft war noch geschlossen. Justus klopfte an die Glastür und es dauerte einen Moment, bis Mr Nelson kam und ihm öffnete.
Nachdem Justus eingetreten war, schloss Nelson die Tür gleich wieder ab. »Damit uns niemand stört«, sagte er.
»Guten Morgen, Mr Nelson.«
»Komm mit in mein Büro!«
Der Erste Detektiv schenkte dem leicht muffig riechenden Laden voller alter Möbel, Messinggerätschaften und Porzellanfiguren kaum Beachtung, sondern folgte Mr Nelson gleich in den durch einen grünen Samtvorhang abgetrennten Büroraum. Als er das Telefon mit integriertem Anrufbeantworter sah, wurde ihm klar, was das Problem gewesen war. Dieses Ungetüm war eine echte Antiquität.
Nelson bot ihm den einzigen Sitzplatz an und spielte die Nachricht ab. Justus war den Einbrechern nicht begegnet. Er

konnte die Stimme also nicht wiedererkennen. Doch das Lispeln, von dem Peter erzählt hatte, war deutlich zu hören. Während der Mann sprach, läutete im Hintergrund eine Kirchenglocke. Dann dröhnte und schepperte es. »Nelson! Hier spricht der Mann, der Ihnen das Jadekönig-Geschäft vorgeschlagen hatte. Es ist etwas dazwischengekommen. Der Jadekönig ist gewissermaßen abgetaucht. Aber noch ist nicht aller Tage Abend. Wenn die Zeit gekommen ist, melde ich mich wieder.«

»Tja, das war's«, sagte Mr Nelson bedauernd. »Viel ist es nicht.«

»Nein, aber ... Darf ich die Aufnahme noch einmal hören?«

Insgesamt ließ Justus sich die Nachricht vier Mal vorspielen. »Die Hintergrundgeräusche sind interessant. Für mich klingen sie nicht wie eine Baustelle. Sondern wie der Hafen. Hören Sie das Schiffshorn in der Ferne? Und dann ist da noch diese Kirchenglocke. Sie läutet nicht, um die Uhrzeit anzuzeigen, sondern wie zum Beginn oder Ende eines Gottesdienstes.« Justus zupfte nachdenklich an seiner Unterlippe. »Mr Nelson, dürfte ich kurz Ihren Computer benutzen?«

Nelson nickte irritiert. »Ja, natürlich. Was hast du vor?«

»Ich will herausfinden, welche Kirchen in der Nähe des Hafens von Los Angeles um neun Uhr dreißig zum Gottesdienst läuten.«

Ein Liebespaar

Die Villa in West Hollywood war hinter hohen Hecken und einem mit Eisenspitzen bewehrten Einfahrtstor versteckt. Bob fand nicht einmal eine Klingel. Er sah sich um. Ein Pärchen, das aussah wie aus einem Fitness-Magazin, joggte gerade vorbei. In der Nähe parkte ein Ferrari. Bobs alter VW Käfer sah in dieser noblen Gegend aus wie ein Fremdkörper.

Ein Touristenbus fuhr vorbei. *Hollywood Tours* war auf der Seite zu lesen. Auf dem offenen Dach saßen etwa zwanzig Leute, alle mit Kameras oder Handys bewaffnet. Aus den Lautsprechern erklärte eine Stimme: »Und auf der linken Seite, in der schönen spanischen Villa, wohnt Schauspielerin Liza Reeves, die seit dem letzten Cosmic-Trek-Film und ihrer Hochzeit mit Rockstar Danny Silver in Hollywood auf der Überholspur ist. Früher lebte hier übrigens eine weitere Hollywood-Legende: Star-Produzent Christopher Escott, der verantwortlich war für Filme wie ›Weg des Kriegers‹, ›Es geschah im Morgengrauen‹ oder ›Das Tal der Verdammten‹.«

Der Bus war vorbei.

»Die Adresse stimmt«, murmelte Bob. Er hatte gehofft, dass einer der Erben von Christopher Escott in der Villa lebte. Doch offenbar war sie an diese Schauspielerin verkauft worden. War er umsonst hergekommen? Bob überlegte, ob es sich lohnen könnte, bei den Nachbarn vorstellig zu werden. Doch hier lebten alle Menschen hinter Hecken und Zäunen und hatten keine Klingeln. Unschlüssig verlagerte er das Gewicht von einem Bein aufs andere, als sich hinter dem Tor etwas tat.

Eine korpulente Dame mittleren Alters und mit schwarzem Haar hatte Liza Reeves' Villa verlassen und kam mit resoluten Schritten auf ihn zu. Hinter dem Tor blieb sie stehen und funkelte Bob böse an. »Geh nach Hause!«
»Wie bitte?«, fragte Bob perplex.
»Mrs Reeves wird dir kein Autogramm geben und auch kein Selfie mit dir machen. Sie will auch keine Geschenke. Diese verdammten Hollywood-Bustouren! Verbieten müsste man so was!«
»Oh, das ist ein Missverständnis, Mrs ...«
»Torres.«
»Mrs Torres. Ich bin kein Fan.«
»Ach nein? Und warum lungerst du dann seit fünf Minuten vor dem Tor herum?«
»Ich interessiere mich für das Haus, in dem einst Christopher Escott gelebt hat.«
»Ach«, sagte die Dame und ein schmales Lächeln schlich sich auf ihr Gesicht. »Du bist so ein Filmfan, was? Hätte gar nicht gedacht, dass so junge Leute Mr Escott überhaupt noch kennen. Da hätte er sich sehr gefreut.«
Bob wurde hellhörig. »Kannten Sie ihn?«
»Aber ja. Ich arbeite schon seit fünfundzwanzig Jahren in diesem Haus. Erst für Mr Escott, danach für seinen Cousin und nun für Mrs Reeves und Mr Silver.«
Obwohl Mrs Torres ihm freundlicher gesinnt war, seit sie wusste, dass er sich nicht wegen Liza Reeves auf der Straße herumtrieb, machte sie nicht den Eindruck, als hätte sie Lust auf ein längeres Gespräch. Also kam Bob gleich zur Sache: »Dann kennen Sie ja auch bestimmt Mr Sterling.«

Mrs Torres war wie vom Donner gerührt. »Mr … Sterling!?«
Bob nickte unschuldig.
»Woher weißt du von Mr Sterling?«
»Na ja, die beiden waren doch miteinander bekannt«, antwortete Bob so vage wie möglich.
Mrs Torres kniff misstrauisch die Augen zusammen. »Du bist aber kein Reporter oder so was? Nein, dafür bist du eigentlich noch zu jung.« Sie sah ihn fragend an. Bob musste etwas sagen.
»Ich bin sein Neffe.«
»Ach so!« Mrs Torres lachte erleichtert. »Und dein Onkel hat sich dir anvertraut? Na ja, die Dinge sind ja auch nicht mehr so, wie sie früher einmal waren, nicht wahr.«
Bob hatte keine Ahnung, wovon Mrs Torres sprach. »Ja, ja.«
»Ich mochte Mr Escott. Er war ein feiner Herr, wie man so sagt. Ein Gentleman. Zwölf Jahre lang habe ich ihm den Haushalt geführt. Als junge Frau hätte ich mir sogar vorstellen können …« Sie unterbrach sich und lachte. »Na ja, aber das war ja gar nicht möglich, wie ich kurz darauf mitbekam.«
Bob tappte immer noch im Dunkeln und versuchte, das Gespräch in eine andere Richtung zu lenken. »Er hat auch Briefmarken gesammelt, nicht wahr?«
»Ja, richtig. Ganze Alben voll. Schön fein säuberlich sortiert. Nach Mr Escotts Tod gab es noch einen Aufstand deswegen. Einer seiner Cousins meinte, Mr Escott hätte eine ganz berühmte und wertvolle Marke besessen. Und die wäre dann plötzlich weg gewesen. Zwischendurch hatte man sogar *mich* verdächtigt, sie gestohlen zu haben. Also, wirklich! Sehe ich aus wie eine Diebin? Das Schlimme damals war: Ich hatte

wohl eine Ahnung, wohin die Briefmarke verschwunden sein könnte. Aber ich durfte ja nichts sagen.«

Bob hatte Mühe, seine Aufregung zu verbergen. »Tatsächlich?«

»Ja. Ich denke, Mr Escott hat sie deinem Onkel geschenkt.« Plötzlich schlug sie die Hände vor den Mund. »Das hätte ich jetzt nicht sagen sollen. Aber es stimmt doch, oder?«

»Ja, ja«, sagte Bob schnell. »Natürlich! Es stimmt.«

»Siehst du. Das hatte ich mir die ganze Zeit gedacht. Schließlich waren die beiden ein Liebespaar.«

Es kostete Bob seine ganze Konzentration, um sich die Verblüffung nicht anmerken zu lassen.

»Aber es musste natürlich ein Geheimnis bleiben«, fuhr Mrs Torres fort. »Mr Escott hätte deinen Onkel auch in seinem Testament berücksichtigen können. Aber er wollte wohl nicht, dass dadurch alles rauskommt. Heute würde das wahrscheinlich niemanden mehr interessieren ... Na ja, also hat er ihm die Marke einfach geschenkt. Mr Escott war ja krank und wusste, dass er nicht mehr lange zu leben hat. Aber immer noch Zeit genug, um für seine Liebsten alles zu regeln. Oder *seinen* Liebsten in diesem Fall.« Sie seufzte. »Ja, so war das damals. Was ist denn aus Mr Sterling geworden? Ich habe ihn seit damals nicht mehr gesehen.«

»Dem geht es gut«, sagte Bob so beiläufig wie möglich.

»Ach, das freut mich zu hören.«

Bob sah demonstrativ auf die Uhr. »Ich muss leider los. Vielen Dank, Mrs Torres!« Damit verabschiedete er sich und eilte zu seinem Wagen. Er wollte die Neuigkeiten so schnell wie möglich Justus und Peter berichten!

Die Familie von Jocks Kumpel Rusty wohnte in einem kleinen Häuschen mitten in Venice, ganz in der Nähe der berühmten Kanäle, deretwegen das Stadtviertel nach der italienischen Stadt Venedig benannt worden war. Peter stellte sein Rennrad vor das Garagentor und überlegte, ob er klingeln sollte. Er entschied sich dagegen und ging um das Haus herum in den Garten.

Dort gab es einen kleinen, von Palmen gesäumten Pool. Auf einer Liege am Beckenrand rekelte sich Jock, die Hände hinter dem Kopf verschränkt, den Kopf Richtung Sonne gedreht und die Augen geschlossen.

Peter stellte sich so, dass sein Schatten auf Jock fiel.

»Schon zurück, Rusty?«, fragte dieser verwundert und öffnete blinzelnd die Augen. »Du bist doch gerade erst ... Peter! Was machst du denn hier?«

»Dreimal darfst du raten«, knurrte der Zweite Detektiv. »Bleib liegen!«, fügte er hinzu, als Jock Anstalten machte, sich zu erheben.

»Hey, cool, dass du mich gefunden hast«, sagte Jock und grinste schief. »Ging alles 'n bisschen schnell gestern, was?«

»Sag mal, spinnst du? Glaubst du, wir sind jetzt beste Freunde? Nach der Nummer, die du gestern abgezogen hast? Du hast Bob und mich im Stich gelassen!«

»Ja, sorry noch mal, aber das war mir ein bisschen zu heiß. Da bin ich halt abgehauen. Zu Fuß! Weißt du, wie lange ich unterwegs war? Fast zwei Stunden!«

»Du Held«, sagte Peter trocken.

»Muss heute erst mal chillen, weißt du. Ist alles ein bisschen blöd gelaufen.«

»Ein bisschen«, sagte Peter. »Aber chill ruhig. Der Ärger holt dich schon noch ein. Ich weiß mittlerweile, dass das gestern das Haus deines Onkels war. Und der weiß Bescheid. Deine Mutter auch.«

»Ach, die.« Jock winkte ab und versuchte, lässig zu wirken. Doch Peter sah ihm deutlich an, dass er nervös geworden war.

»Ihr habt mit meinem Onkel gesprochen?«

»Ja. Wir mussten ihm die ganze Geschichte erzählen, sonst hätte uns die Polizei mitgenommen. Die war nämlich auch da. Irgendwann hat dein Onkel dann kapiert, dass der Typ, der mich hat einbrechen lassen, sein werter Neffe war. Deshalb hast du von mir auch keinen Stress zu erwarten. Den kriegst du sowieso noch.«

Nun verfinsterte sich Jocks Miene. Er verschränkte die Arme vor der Brust. »Warum bist du dann hier?«

»Du hast mich ausspioniert, belogen und eiskalt ausgenutzt. Ich will wissen, was das alles sollte.«

»Du bist doch so ein schlauer Detektiv.«

»Und deshalb stelle ich dir jetzt ein paar schlaue Fragen. Du wolltest deinen Onkel beklauen. Hattest du es auf was Bestimmtes abgesehen oder wolltest du einfach mal gucken, was so in seinem Tresor rumliegt?«

»Arbeitest du jetzt etwa für ihn?« Ein weiteres Mal wollte Jock sich aus der Liege erheben. Peter stellte ihm seinen rechten Fuß auf die Brust. Einen kurzen Moment lang gab es ein stummes Kräftemessen, aber Peter blieb unnachgiebig.

»Ich arbeite nicht für deinen Onkel. Ich will wissen, in was für eine Geschichte du mich gestern reingeritten hast. Das ist ja wohl das Mindeste!«

Jock verdrehte genervt die Augen. »Mein Onkel schuldet mir was, okay? Das wollte ich mir holen. Und nein, ich hatte es auf nichts Bestimmtes abgesehen. Ich wusste lediglich, wo der Schlüssel zum Tresor liegt. Noch von früher. Dachte ich jedenfalls. Aber am Ende lag er dann ja doch woanders.«

»Was ist mit dem Code für die Alarmanlage?«

»Den kannte ich immer schon. Habe ich mal als Kind ausspioniert. Und mein Onkel hat ihn nie geändert. Es ist sein Geburtsdatum. Total einfallsreich.«

»Er ist dein Patenonkel«, sagte Peter. »Das meintest du mit ›er schuldet dir was‹, richtig? Er hätte dich unterstützen sollen. Hat er aber nie getan.«

»Woher weißt du das alles?«, fragte Jock wütend.

»Bob hat mit deiner Mutter gesprochen. Jetzt reg dich nicht auf. Er wollte mich nur finden. Deine Mom macht sich übrigens große Sorgen. Weil du gestern nicht zu Hause warst.«

»Ich bin doch kein kleines Kind mehr!«

»Nein. Aber weil gestern der Todestag deines Vaters war. Das … tut mir leid.« Peter nahm seinen Fuß herunter. Zu seiner Überraschung sprang Jock nicht sofort auf.

»Jetzt fang du nicht auch noch an«, sagte er ohne jeden Ärger in der Stimme. »Alle machen immer so ein Drama draus, weil mein Vater früh gestorben ist. Ich kann mich doch kaum noch an ihn erinnern. Soll ich an seinem Todestag etwa neben meiner Mom auf dem Sofa hocken, alte Fotos anstarren und ihr das Händchen halten, oder was?«

Peter zuckte mit den Schultern. »Ja. Vielleicht. Sie vermisst ihn nun mal. Und sie hat nur dich. Dein Onkel war euch beiden ja nie eine Hilfe.«

»Nein. War er nicht. Das hatte sich mein Dad sicher anders vorgestellt. Deshalb wollte ich mir gestern ja auch holen, was mir zusteht.«

»Ob dir wirklich etwas zusteht, ist noch mal eine ganz andere Frage. Aber warum eigentlich ausgerechnet gestern Abend? Wegen der Lesung deines Onkels?«

Jock nickte. »Stand in allen Zeitungen. Sein neues Buch und so. Da dachte ich: Prima, so viele Leute wissen, dass er an diesem Abend nicht zu Hause ist – dann kommt im Grunde jeder als Täter infrage.«

»Das dachten wohl auch Rick und Marlow. Was weißt du über die beiden?«

»Gar nichts, Mann! Ich war genauso überrascht wie du. Das waren wahrscheinlich einfach Profi-Einbrecher, die wussten, dass mein Onkel diesen Jadekönig besitzt. *Ich* wusste das nicht. Ich wusste ja nicht einmal, was der Jadekönig überhaupt ist, bis ich heute früh nachgeguckt habe.«

»Dein Onkel sagt, er würde ihn *nicht* besitzen.«

»Was weiß ich. Vielleicht hat er ihn verkauft. Würde mich nicht wundern. Er ist nämlich pleite.«

Der Zweite Detektiv stutzte. »Was meinst du damit?«

»Na, pleite! Bankrott! Als ich in seiner Schreibtischschublade den Tresorschlüssel gesucht habe, lagen da ein paar Briefe. Von der Bank und so. Und rate mal: Mein Onkel ist gar nicht reich. Jedenfalls nicht mehr. Seine ganzen Konten sind im Minus. Er hat anscheinend nur noch das Haus. Sonst nichts.«

»Aber er ist doch ein berühmter Autor«, wunderte sich Peter.

»Der gerade mal sein *zweites* Buch veröffentlicht hat«, erinnerte Jock ihn. »Und das erste vor vierzehn Jahren. Das war zwar ein Bestseller und wurde verfilmt, aber ewig reicht das Geld, das man mit so was verdient, wohl nicht. Und sein neues Werk wird gerade in der Presse verrissen. Wahrscheinlich hat er deshalb diese dämliche Briefmarke verkauft. Hätte ich vorher gewusst, dass er weder eine teure Uhr noch Bargeld in seinem Tresor hat, hätte ich es gar nicht versucht. So. Ist das Verhör jetzt beendet?«

Das Handy in Peters Tasche klingelte. »Hi, Bob!«

»Hi. Kannst du sprechen?«

Peter wandte sich von Jock ab und ging ein paar Schritte ans andere Ende des Gartens, um ungestört zu sein. »Jetzt ja. Stell dir vor, Bob! Jock hat mir gerade erzählt, dass er Unterlagen bei Sterling gefunden hat. Sein Onkel ist pleite!«

»Das ist ja höchst interessant«, sagte Bob. »Vor allem, wenn man es in Verbindung bringt mit dem, was ich gerade herausgefunden habe: Christopher Escott hat vielleicht kurz vor seinem Tod den Jadekönig an Sterling verschenkt! Er war nämlich sein Geliebter!«

»Wer war wessen Geliebter?«

»Sterling Escotts. Und Escott vermutlich auch Sterlings. Das funktioniert meist in beide Richtungen.«

»Ach! Ist ja 'n Ding.«

Etwas raschelte hinter Peter. Er drehte sich um.

Jock stand keine zwei Meter entfernt. Er musste sich angeschlichen haben. Anscheinend hatte er jedes Wort mitbekommen. Er starrte Peter ungläubig an und sagte: »Christopher Escott!?«

Ertappt!

Als Justus die Seitenscheibe des Pick-ups runterdrehte, dröhnte ganz in der Nähe ein Schiffshorn. Hinter den Dächern der direkt am Pier stehenden Häuser nahm eine weiße Fähre langsam Fahrt auf, während sie auf den Ausgang des Hafenbeckens zusteuerte. Dabei verschwand sie kurz hinter einem weißen Kirchturm.

Der Erste Detektiv war nach San Pedro gefahren, das an das westliche Ende des riesigen Hafens von Los Angeles grenzte. Dort hatte er drei Kirchen gefunden, deren Gottesdienste am Sonntagvormittag um halb zehn begannen. Aufgrund ihrer Nähe zum Hafen kam aber eigentlich nur eine von ihnen infrage. Wenn Justus mit seinen Vermutungen richtiglag, musste der Briefmarkenmann seinen Anruf bei Mr Nelson irgendwo hier in der Nähe getätigt haben. Mehr Anhaltspunkte hatte Justus jedoch nicht.

Er legte den ersten Gang ein und fuhr langsam die Straße entlang, aufmerksam nach links und rechts blickend. Er würde das Viertel absuchen. Mit dem Auto war das kein Problem.

Justus war bei der fünften Seitenstraße angekommen, als sein Herz einen Sprung machte. Auf der rechten Seite war ein brauner Oldsmobile Cutlass geparkt! Solche Autos sah man nicht mehr oft. Das konnte kein Zufall sein.

Der Wagen stand vor einer etwas heruntergekommenen kleinen Autowerkstatt. Auf dem Hof waren einige Autos zwischen Reifenstapeln geparkt. Die Werkstatt selbst war kaum größer als eine Garage. Hinter einem hochgezogenen Rolltor waren gerade zwei Männer in fleckigen Overalls dabei, einen weißen Chrysler zu begutachten. Einer groß und schlank, der andere klein und durchtrainiert. Waren das die beiden Einbrecher?

Justus hielt am Straßenrand, rutschte auf den Beifahrersitz, drehte die Scheibe herunter, schnappte sich eine alte Zeitung, die auf der Ablage lag, und tat so, als würde er lesen. Dabei spitzte er die Ohren. Er konnte nicht hören, was genau die Männer sagten. Doch das Lispeln des einen nahm er trotzdem wahr. Marlow und Rick!

Ein Wagen näherte sich und parkte genau hinter Justus. Ein junger Mann stieg aus. Er war auffallend groß und schlank. Seine Schultern fielen nach vorn und er hatte einen unsicheren Gang und blickte nervös durch eine große Brille. Seine Haut war blass. Mit einer Schulmappe aus roter Pappe unter dem Arm betrat er das Werkstattgelände. Marlow und Rick wurden auf ihn aufmerksam.

»He!«, rief Marlow unfreundlich. »Kann ich dir helfen?«

»Verzeihung, Mr Linn?«

»Kennen wir uns?«

»Nicht persönlich. Aber Sie haben mich angeschrieben. Im Netz heiße ich Dark Blue D. Sie wissen, wer ich bin?«

Marlow und Rick traten verblüfft auf ihn zu. »Na, jetzt geht's aber los«, sagte Marlow und klang nicht erfreut. »Dark Blue D ist also ein pickeliger Jüngling. Das war ja nicht anders zu erwarten.« Er schaute nach links und rechts, bevor er den jungen Mann am Ärmel fasste und in die Werkstatt zog, wo sie aus dem Blickfeld des Ersten Detektivs verschwanden. »Verflixt«, murmelte Justus und stieg aus. Er schlich auf das Rolltor zu. Neben dem Eingang türmten sich zwei Reifenstapel. Eine gute

Deckung. Justus hockte sich dahinter. Dabei stieß er versehentlich gegen einen der beiden Reifentürme. Er wackelte. Hektisch brachte der Erste Detektiv den Turm wieder zur Ruhe und spähte daran vorbei in die Werkstatt. Die beiden Gangster und der junge Mann schienen nichts bemerkt zu haben. Sie standen hinter dem Chrysler und debattierten.

»So geht das nicht, Sir«, sagte Dark Blue D gerade. »Sie haben mich beauftragt! Ich sollte alles über Gavin Sterling herausfinden, und das habe ich getan.« Er straffte seine Schultern. Doch selbst aus der Entfernung sah Justus, wie unsicher der junge Mann war. »Und jetzt erwarte ich meine Bezahlung.«

»Wie hast du uns überhaupt gefunden?«

»Das war nicht weiter schwierig. Es ist mein Job, Dinge über andere Menschen herauszufinden. Sie haben auf meine Mails nicht reagiert. Also bin ich hergekommen. Ich habe hier noch einmal alle meine Ergebnisse ausgedruckt und Ihnen mitgebracht.« Dark Blue D hielt die rote Mappe hoch und legte sie auf die Motorhaube. »Dies dient gleichzeitig als Leistungsnachweis. Die Rechnung habe ich beigelegt. Ich möchte Sie bitten, sie nun zeitnah zu begleichen.«

Marlow sah ihn einige Sekunden lang ausdruckslos an, bevor er sehr nahe an Dark Blue D herantrat. Der junge Mann war fast einen Kopf größer. Trotzdem wich er zurück.

»Jetzt hör mir mal gut zu«, sagte Marlow so leise, dass Justus ihn kaum verstehen konnte. »Du verziehst dich jetzt. Und kommst nie wieder. Sonst schiebe ich dir deinen Leistungsnachweis dahin, wo keine Sonne scheint!«

Dark Blues Ds Stimme zitterte, doch er blieb tapfer. »Sie haben mich beauftragt, ich will bezahlt werden!«

Marlow riss ein paar Dollarnoten aus der Tasche und klatschte sie dem jungen Mann gegen die Brust. »Und jetzt verschwinde!« Nun war es vorbei mit Dark Blue Ds Mut. Er raffte die Scheine zusammen, umrundete den Chrysler und verließ die Werkstatt. Dabei lief er direkt an Justus' Versteck vorbei, bemerkte ihn aber nicht.

»Ist das zu fassen!« Marlow sah ihm kopfschüttelnd nach.

»Der Junge wusste deinen Namen«, bemerkte Rick. »Nicht, dass er uns verpfeift.«

»Wohl kaum. Oder glaubst du etwa, er betreibt sein Geschäft legal? Vertrauliche Informationen über Gavin Sterling – wo kann er die wohl herhaben. Ein Computerhacker ist das! Nein, er wird die Füße still halten. Aber wir zwei sollten langsam wissen, wie wir weitermachen mit Sterling. Der Kerl muss diese verdammte Briefmarke ja irgendwo haben! Komm, wir fahren auf einen Burger in Ellie's Diner und besprechen die Lage.«

Justus duckte sich, so tief er konnte, als die beiden Männer an den Reifenstapeln vorbeigingen. Er blieb in Deckung, bis sie in ihren Wagen gestiegen und losgefahren waren. Wenn er sie verfolgen wollte, musste er sich beeilen!

Doch da fiel sein Blick auf den Chrysler in der Werkstatt. Die Mappe, die Dark Blue D mitgebracht hatte, lag noch auf der Motorhaube. Der Erste Detektiv rang mit sich. Eine Verfolgung war riskant. Einen Blick in die Mappe zu riskieren, eher nicht. Er verließ seine Deckung, schlich in die Werkstatt, nahm die Mappe zur Hand und schlug sie auf.

Es waren etwa fünfundzwanzig Seiten Computerausdrucke. Zunächst ein kurzer Lebenslauf von Gavin Sterling. Der brachte aber keine neuen Erkenntnisse. Danach kamen Dokumente über Aktien, die Sterling besaß oder besessen hatte. Eine Menge Zahlen, wann etwas gekauft und wieder verkauft worden war. Zu kompliziert, um auf die Schnelle daraus schlau zu werden. Justus bemerkte nur, dass Sterling bei den meisten dieser Geschäfte Verlust gemacht hatte. Auf den nächsten Seiten waren persönliche Daten wie Sterlings Sozialversicherungsnummer und Arztrechnungen gesammelt. Außerdem die Passwörter zu diversen Online-Konten. Überall, wo es möglich war, hatte Sterling sich für eine simple Ziffernfolge entschieden – sein Geburtsdatum. Zum Schluss kamen Versicherungsunterlagen. Justus war kurz davor, die Mappe wieder zuzuklappen, da fiel sein Blick auf das Wort *Jadekönig*. Er sah genauer hin. Es waren die Dokumente einer Hausratversicherung. Mr Sterling hatte sein Haus und die Besitztümer darin gegen Diebstahl, Feuer und andere Katastrophen versichern lassen. Ausdrücklich erwähnt wurde dabei der Jadekönig: *Green British Nanda 2 Pence, wertvolle Briefmarke, auch bekannt als Jadekönig. Versicherter Wert: 1 Million US-Dollar.*

Justus grinste zufrieden. »Also doch!«

Da fiel plötzlich ein Schatten auf das Dokument. Noch ehe Justus reagieren konnte, umfassten ihn von hinten starke Arme und eine behandschuhte Hand legte sich auf seinen Mund und seine Nase.

»Wusste ich doch, dass vorhin die Autoreifen gewackelt haben«, raunte Marlow ihm grimmig ins Ohr.

Justus versuchte zu schreien und begann zu zappeln, doch Marlow drückte ihm unerbittlich die Luft aus den Lungen, bis bunte Punkte vor seinen Augen flimmerten.

Dann war es nur noch schwarz.

Oh!

Justus öffnete blinzelnd die Augen. Er hockte auf dem staubigen Boden der Werkstatt, mit dem Rücken an den Chrysler gelehnt. Seine Hände waren gefesselt. Er hatte das Gefühl, nur kurz ohnmächtig gewesen zu sein. Vor ihm standen Marlow und Rick. Anscheinend hatten sie das Rolltor heruntergelassen, denn in der Werkstatt war es dunkler als zuvor. Justus sah zu ihnen hoch und räusperte sich.

»Du bist einer von diesen Bengeln«, sagte Marlow ohne Umschweife und hielt Justus eine Visitenkarte der drei ??? unter die Nase. Die Gangster mussten ihn durchsucht haben. »Der Dritte im Bunde. Wie hast du uns gefunden?«

»Zufall«, behauptete Justus. »Ich war auf dem Weg zum Hafen, da sah ich plötzlich ein Auto an der Straße, das zu der Beschreibung meines Freundes Peter passte.« Es klang wenig überzeugend, doch die beiden Kerle schienen sich damit zufriedenzugeben.

»Wissen deine Freunde, wo du bist?«, fragte Marlow.

Justus nickte. »Ich habe ihnen sofort Bescheid gesagt. Sie dürften bald hier sein.«

»Wir müssen abhauen!«, drängte Rick sofort.

Doch Marlow lächelte nur. »Der Bursche lügt. Er hat kein Handy dabei. Wie will er da seine Freunde verständigt haben. Niemand weiß, wo er steckt. Habe ich nicht recht?«

Justus schwieg und verfluchte sich innerlich. Der Fehler mit dem Handy hätte ihm nicht passieren dürfen. Er musste einen klaren Kopf bekommen!

»Was machen wir jetzt mit ihm?«, raunte Rick. »Wir können ihn doch nicht laufen lassen. Sonst verrät er unser Versteck.«
»Das Versteck brauchen wir nicht mehr lange. Wir sind bald weg.«
»Ohne den Jadekönig wohl kaum«, widersprach Rick.
Marlow wandte sich wieder an Justus. »Weißt du, wo er ist?«
»Wer?«
»Der Jadekönig, tu nicht so scheinheilig. Habt ihr letzte Nacht mit Sterling gesprochen? Antworte!«
»Ja.«
»Hat er euch erzählt, wo der Jadekönig versteckt ist?«
»Er sagte, dass er ihn nie besessen hätte.«
»Glaubst du ihm?« Marlow wies auf die Versicherungsunterlagen.
Justus schüttelte langsam den Kopf.
»Weiß er, dass ihr Detektive seid?«
Justus verstand nicht, worauf Marlow hinauswollte. Zögernd nickte er.
Marlow lächelte zufrieden. »Was für ein Glück, dass uns dieses kleine dicke Vögelchen ins Haus geflattert ist, Rick! Jetzt kriegen wir endlich raus, wo der Jadekönig versteckt ist.«
»Aber ... aber der Bursche weiß es doch nicht. Oder glaubst du, er lügt?«
»Nein. Aber ich glaube, dass Sterling es ihm erzählen wird. Wenn wir es richtig anstellen.«

Jock machte große Augen. »Christopher Escott hat meinem Onkel den Jadekönig geschenkt? Und die beiden waren ein Paar!?«

Peter seufzte. Leugnen hatte wohl keinen Zweck. »Ja, sieht so aus.«

»Womöglich war es das, was Mom und Onkel Gavin geheim halten wollten! Obwohl … nein. Das ergibt keinen Sinn.«

Peter ließ langsam das Handy sinken. »Sie wollten etwas geheim halten? Wann?«

»Ist schon ein paar Jahre her. Da habe ich mal ein Gespräch zwischen den beiden mitbekommen. Bei uns zu Hause. Meine Mutter redete auf meinen Onkel ein, dass die Geschichte mit Escott niemals jemand erfahren darf. Ich dachte gerade, dass damit die Beziehung zwischen meinem Onkel und Mr Escott gemeint gewesen sein könnte. Aber dann hätte eigentlich mein Onkel darauf bestehen müssen, dass niemand davon erfährt. Nicht meine Mutter.«

»Klingt logisch«, stimmte Peter zu.

»Ich erinnere mich nur deshalb an dieses Gespräch, weil meine Mutter so geheimnisvoll tat. Es war ihr ungeheuer wichtig. Es muss aber um etwas anderes gegangen sein.«

»Vielleicht sollten wir noch mal mit deinem Onkel reden.«

»He, hallo, hört ihr mich noch?«, drang Bobs Stimme aus dem Handy.

Peter schaltete ihn laut. »Ja, tun wir.«

»Ich glaube nicht, dass es etwas bringt, mit Mr Sterling zu sprechen«, sagte Bob. »Er hat schon gestern nicht mit offenen Karten gespielt. Wir sollten mit deiner Mutter reden, Jock.«

»Was? Nein! Das gibt nur Stress.«

»Aber sie weiß bestimmt mehr! Und da sie mit deinem Onkel nicht gerade gut gestellt ist, hätte sie durchaus Gründe, uns die Wahrheit zu sagen.«

»Meine Mutter ist garantiert stinksauer auf mich, seitdem sie von letzter Nacht weiß.«

»Komm schon, Jock«, sagte Peter und schlug einen versöhnlichen Ton an. »Früher oder später wirst du sowieso mit ihr reden müssen.«

»Dann lieber später.«

»Aber sie könnte uns helfen, das Geheimnis um den Jadekönig zu lüften!«

»Diese dämliche Briefmarke interessiert mich überhaupt nicht!« Doch dann ließ Jock den Kopf hängen und seufzte. »Aber recht hast du natürlich trotzdem. Ich muss mit ihr reden. Ich kann ja nicht ewig hier bei Rusty bleiben.«

»Na, siehst du. Bring's am besten jetzt gleich hinter dich. Wenn Bob und ich dabei sind, wird deine Mom dir schon nicht den Kopf abreißen.«

Jock lieh sich Rustys Fahrrad aus und fuhr zusammen mit Peter in die Montebello Road. Dort bog auch Bob gerade mit seinem Käfer ein.

Peter schluckte beim Anblick des Sterling-Hauses. Er hatte es sich nicht so klein vorgestellt. Der Kontrast zur Villa von Gavin Sterling war gewaltig. Mit einem Mal verstand Peter sehr viel besser, was Jock zu seinen Taten bewegt hatte.

»Home, sweet home«, seufzte der jetzt und blieb einen Augenblick unschlüssig vor der Tür stehen. Schicksalsergeben zuckte er mit den Schultern, schloss die Tür auf und betrat das Haus. Peter und Bob folgten ihm.

»Mom?«, rief er. »Ich bin wieder da!«

Es kam keine Antwort. Mrs Sterling war nicht zu Hause.

»Bei der Arbeit?«, vermutete Peter.

Jock schüttelte den Kopf. »Nicht am Sonntag.«
»Meinst du, sie kommt bald zurück?«, fragte Bob.
»Keine Ahnung. Aber ich habe eine Idee, wo sie sein könnte. Einen Augenblick!«
Jock ging ins Wohnzimmer, wohin Peter und Bob ihm zögernd folgten. Zu ihrer Verwunderung ging Jock vor dem kleinen Zweisitzersofa in die Knie. Aus einem Hohlraum zwischen den Sprungfedern zog er ein etwa schuhkartongroßes verziertes Holzkästchen hervor und stellte es auf den Couchtisch. »Das Geheimversteck meiner Mutter«, erklärte er.
»Anscheinend doch nicht so geheim«, bemerkte Peter.
Jock öffnete das Kästchen. Darin lagen Postkarten und Briefe, kleine Schmuckstücke und ein paar Scheine Bargeld. Jock schien jedoch etwas anderes zu suchen, denn er nahm alles heraus und legte es auf den Tisch.
Bobs Blick fiel auf die Briefumschläge. Die meisten waren adressiert an Judith Montgomery. Das war wahrscheinlich der Mädchenname von Jocks Mutter. Ein Umschlag stach heraus, weil er an den Ecken etwas verkohlt war. Auf dem stand der Name von Jocks verstorbenem Vater, Paul Sterling. Der Absender hatte seine Initialen in die linke obere Ecke geschrieben: C.E. Der dritte Detektiv runzelte die Stirn.
»Der Schlüssel ist weg«, sagte Jock und legte die Briefe zurück in die Schachtel. »Wie ich mir gedacht habe. Meine Mutter ist im Wochenendhaus.«
»Was für ein Wochenendhaus?«, fragte Peter.
»Das da«, sagte Jock und wies auf ein Foto an der Wand. »Das Wochenendhaus meiner Großeltern.« Es war das gleiche Bild, das Jocks Mutter bereits Bob gezeigt hatte: die Fami-

lie Sterling vor einem Haus im Wald. Direkt daneben hing ein deutlich älteres Foto, die Farben waren ziemlich verblasst. Darauf turnten zwei Jungen im Grundschulalter in einem Dachbodenzimmer herum. »Das sind mein Vater und mein Onkel. Der Dachboden war ihr Lieblingsplatz. Mein Vater hat mir immer erzählt, wie sie da oben gespielt haben. Eine der wenigen Erinnerungen, die ich an ihn habe. Das Haus gehörte den beiden zusammen, aber nach dem Tod meines Vaters ging alles an Onkel Gavin. Mom regt sich bis heute darüber auf. Sie findet, das Haus hätte ihr zugestanden. Oder mir. Wir hätten dort nicht leben können, dafür ist es zu abgelegen. Aber sie hätte es gern gehabt als ... was weiß ich ... Ort der Erinnerung oder so. Onkel Gavin hat das aber nicht interessiert. Na ja. Mom hat sich dann heimlich einen Schlüssel besorgt. Seitdem ist sie manchmal dort, wenn sie traurig ist. Mein Onkel kriegt das gar nicht mit, der fährt nur ganz selten hin.«

»Und du meinst, sie ist jetzt da?«

Jock nickte. »Der Schlüssel zum Haus ist weg. Gestern war der Todestag meines Vaters. Sie ist bestimmt hingefahren.«

Jock wollte die Schachtel wieder wegräumen, doch Bob hielt ihn zurück. »Moment. Schau mal, dieser Briefumschlag.«

»Was ist damit?«

»Der Absender. C.E.«

»Christopher Escott?«, vermutete Peter.

»Möglich. Kennst du den Brief?«

»Spinnst du?« Jock schüttelte entschieden den Kopf. »Ich gehe doch nicht an den Privatkram meiner Mutter!«

Peter hob zweifelnd eine Augenbraue. »Das ganze Kästchen ist privat.«

»Ja. Weiß ich. Aber ich bin da immer nur drangegangen, wenn ich mal dringend ein bisschen Bargeld brauchte. Ich habe es auch immer sofort zurückgelegt, wenn ich wieder flüssig war.«
Plötzlich wurde Jock wütend. »Was glaubt ihr denn von mir, ihr blöden Schnüffler! Dass ich meine eigene Mutter beklaue und ihre Briefe lese? Die sind normalerweise zu einem Päckchen verschnürt. Und das habe ich nie aufgemacht! Mom muss es vor Kurzem geöffnet haben, sonst würden die Briefe hier gar nicht so offen herumliegen. Ich kenne diesen Umschlag nicht!«
»Ist ja schon gut.« Peter hob beschwichtigend die Hände. »Aber der Brief könnte wirklich von Christopher Escott sein. Hat dein Vater ihn auch gekannt?«
Jock zuckte mit den Schultern. »Nicht dass ich wüsste.«
»Ob wir ihn uns ... mal ansehen? Er ging an deinen Vater, nicht an deine Mutter. Und ...«
»Und der kann ja nichts mehr dagegen haben, meinst du?«
»Entschuldigung«, murmelte Peter und senkte den Blick.
Doch dann sagte Jock: »Na, guck halt rein. Du musst ihn ja nicht lesen, wenn er nicht wirklich von Christopher Escott ist. Nun mach schon!«
Zögerlich nahm Peter den Brief heraus und faltete ihn auseinander. Er war mit schwarzer Tinte verfasst und hatte ebenfalls eine angesengte Ecke, als wäre er einer Flamme zu nahe gekommen. Die Unterschrift war hübsch geschwungen: Christopher. Peter begann zu lesen. Seine Augen weiteten sich. Der Brief war nicht lang, aber am Ende stand Peter der Mund offen.
»Was ist?«, fragte Bob alarmiert.
Der Zweite Detektiv sah ihn an und brachte nur ein Wort heraus: »Oh.«

Ein verkohlter Brief

Vor Justus' Augen breitete sich Santa Monica wie eine große Flickendecke aus. Der Anblick war nicht mehr so grandios wie letzte Nacht, als die Stadt gelb und blau gefunkelt hatte. Aber er war immer noch beeindruckend genug, um minutenlang einfach nur dastehen und schauen zu können. Hier oben herrschte absolute Ruhe. Am Horizont glitzerte der Pazifik. Eine kühle Brise wehte dem Ersten Detektiv durchs Haar. Es war ein herrlicher Tag.

Theoretisch.

Wenn nicht der Abgrund des Lincoln Canyons direkt vor seiner Nase gewesen wäre. Und wenn nicht Marlow hinter ihm gestanden hätte, seine Hand zwischen Justus' Schulterblättern, jederzeit bereit, den Ersten Detektiv hinunterzustoßen.

Marlow und Rick hatten Justus in den Cutlass gezerrt und hierhergebracht, in den Lincoln Drive. Dort waren sie in genau den gleichen Waldweg eingebogen, auf dem Bob in der vergangenen Nacht seinen Wagen abgestellt hatte. Während Rick im Auto geblieben war, hatte Marlow den Ersten Detektiv über einen schmalen Wanderpfad den Hang hinaufgeführt, bis die Villa von Mr Sterling direkt unter ihnen lag. Sollte Justus hinabstürzen, würde er auf dem Betondach aufschlagen. An eine Flucht war nicht zu denken, denn seine Hände waren noch immer mit einem Seil gefesselt.

Unterwegs hatten Marlow und Rick ihm seinen Auftrag klargemacht: Er sollte Mr Sterling anrufen und ihm eine Botschaft übermitteln. Marlow hatte keinen Zweifel daran gelassen, was mit Justus passieren würde, wenn er dabei mit seinem schauspielerischen Talent nicht überzeugte.

Marlow zückte sein Telefon. »Es geht los«, sagte er. »Und wehe, du verrätst uns!« Er wählte eine Nummer, dann hielt er Justus das Telefon ans Ohr.

»Sterling hier«, meldete sich Mr Sterling.

»Guten Tag, Mr Sterling, hier spricht Justus Jonas von den drei Detektiven.«

»Oh. Was gibt's?«

»Ich habe nicht viel Zeit, Mr Sterling. Wir haben Nachforschungen angestellt und ich muss Ihnen etwas mitteilen. Wir glauben, dass die Gangster, die bei Ihnen eingebrochen sind, wissen, wo der Jadekönig versteckt ist.«

Mr Sterling brauchte einen Moment, um diese Nachricht zu verarbeiten. »Wie bitte? Aber ich habe doch gesagt, dass ich den Jadekönig niemals –«

Marlow zog das Telefon weg und beendete die Verbindung. »Das reicht«, sagte er. »Jetzt warten wir.«

Es dauerte nur etwa fünf Minuten, bis Gavin Sterling sein Haus verließ. Justus konnte seine Schritte auf den Granitstufen hören. Ein kurzer Hilferuf hätte gereicht, um auf sich aufmerksam zu machen. Doch Justus nahm Marlows Warnung ernst und verhielt sich still.

Sterling stand gerade vor der Garage, als sein Telefon erneut klingelte. Er blieb kurz stehen und sah aufs Display, bevor er ranging. Seine Stimme wehte leise zu ihnen. »Judith. Was willst du, ich hab's eilig ... Nein, ich kann dich jetzt nicht treffen. Ich bin beschäftigt ... Nein, völlig ausgeschlossen. Später vielleicht. Oder morgen. Ich melde mich. Wiederhören.« Er

legte auf, ließ das Tor automatisch hochfahren und verschwand in der Garage.
»Auf geht's«, raunte Marlow, zog Justus unsanft vom Abgrund weg und führte ihn zurück zum Auto. Sterling fuhr in seinem schwarzen Mustang an der Waldeinfahrt vorbei, ohne den Cutlass zu bemerken. Rick wartete einen Moment, dann nahm er die Verfolgung auf.

Peter ließ den Brief von Christopher Escott langsam sinken, während er versuchte, die Tragweite des Inhalts zu erfassen. Bob nahm ihm das Schriftstück ungeduldig aus der Hand und las es nun selbst. Und auch Jock, der sich eigentlich aus den Privatsachen seiner Mutter hatte heraushalten wollen, konnte nicht anders.

Mein geliebter Paul,

es steht nicht gut um mich. Du weißt das. Wenn nicht noch ein Wunder geschieht, werde ich diese Welt bald verlassen. Es zerreißt mir das Herz, dass ich dich zurücklassen muss. Das Einzige, was mich tröstet, ist, dass ich Judith und den kleinen Joseph an deiner Seite weiß. Du wirst nicht allein sein.
Etwas anderes würde mich ebenfalls trösten. Wenn du mich für dich sorgen lässt. Ich weiß, du willst kein Geld. Und ich weiß, du kämst Judith gegenüber in Erklärungsnot, wenn du mein Haus erben würdest. Darum lass mich dir ein Geschenk machen: den Jadekönig. Du kannst ihn verstecken, wenn weiterhin niemand von

uns erfahren soll. Du kannst ihn verkaufen, solltest du in Not geraten. Du kannst ihn für den kleinen Joseph aufbewahren, wenn du willst. Aber bitte nimm mein Geschenk an. Ich möchte dich versorgt wissen, wenn ich bald nicht mehr für dich da sein kann.

In Liebe
Dein Christopher

»Mein Vater … war der Geliebte von … Christopher Escott!?« Jock ließ den Brief sinken. »Das muss ich erst mal verdauen.«
Peter und Bob sahen einander ratlos an.
»Deine Mutter wusste offensichtlich davon«, sagte Bob. »Sie muss den Brief in den Sachen deines Vaters gefunden haben. Anscheinend ist bei dem Brand nicht alles zerstört worden.«
»Sie wollte nicht, dass du es erfährst«, überlegte Peter. »Darum ging es bei dem Gespräch mit deinem Onkel, das du damals belauscht hast.«
»Und ich habe die falschen Schlüsse gezogen«, fuhr Bob fort. »Als Mrs Torres davon sprach, dass Mr Escott und Mr Sterling ein Paar gewesen sind, habe ich automatisch geglaubt, dass sie deinen Onkel meinte.«
»Es ist mir, ehrlich gesagt, egal«, sagte Jock nach einer Weile und schaute auf. »Meine Mutter hätte es mir ruhig erzählen können. Es war doch die Wahrheit. Ich weiß ja nicht viel über meinen Vater. Wenn er einen Geliebten hatte … dann war das eben so.«
Peter nickte. »Habt ihr schon darüber nachgedacht, was dieser Brief außerdem bedeutet?«

»Der Jadekönig«, sagte Bob.

Jock nickte. »Mein Vater hat ihn besessen. Und dieser Brief beweist, dass bei dem Feuer nicht alles verbrannt ist. Mein Onkel war damals als Erster bei unserem Haus. Wir waren ja bei meiner Tante in Oregon. Mom hat mal erzählt, dass Onkel Gavin Ärger mit der Feuerwehr bekam, weil er die Ruine betreten hatte. Das hätte er gar nicht gedurft, wegen Einsturzgefahr.«

Peter schnappte nach Luft. »Meinst du etwa –«

»Wir sollten mit meiner Mutter sprechen. Und zwar sofort.«

Das Haus im Wald

Das Wochenendhaus, das einst Jocks Großeltern gehört hatte, lag einsam im bewaldeten Tal des Temescal Canyons. Die Straße endete an einem Parkplatz. Das letzte Stück musste man zu Fuß gehen. Unter den etwa zehn abgestellten Autos – die meisten vermutlich von Ausflüglern, die eine Wanderung durch den Canyon machten – entdeckte Jock auch den Wagen seiner Mutter.

»Kommt mit, da drüben beginnt der Fußweg durchs Tal.«

Sie gingen ein kurzes Stück durch ein lichtes Wäldchen und bogen dann vom Wanderweg ab. Zwei Minuten später tauchte das Wochenendhaus zwischen den Bäumen auf. Es war kaum mehr als eine windschiefe Hütte, an der offensichtlich seit Jahren niemand mehr etwas gemacht hatte. Die Farbe blätterte ab und das umgebende Grundstück, ehemals wahrscheinlich ein Garten, war vollkommen zugewuchert. Am Wegrand hatte jemand achtlos seinen Müll abgeladen. Ein stechender Geruch hing in der Luft, nach einem Lösungsmittel oder so etwas. In dem Müllhaufen entdeckte Bob einen Kanister, in dem vielleicht irgendeine Art Reiniger gewesen war. Von Judith Sterling war nichts zu sehen.

»Sie ist wahrscheinlich drinnen«, murmelte Jock. Das Vorhängeschloss an der Eingangstür baumelte offen am Riegel. Jock klopfte und trat ein. Bob und Peter folgten ihm.

Das Innere des Hauses bestand aus einem einzigen Raum mit einer schmalen Treppe, die nach oben in eine niedrige Dachkammer führte. Es war spärlich eingerichtet. Die Küche ähnelte der Campingküche, die die drei Detektive in ihrer Zentrale hatten. Das Sofa konnte als Bett ausgeklappt werden. Vier Stühle standen um einen abgenutzten Holztisch. Von Judith Sterling fehlte immer noch jede Spur.

»Vielleicht macht sie einen Spaziergang«, mutmaßte Jock und sah aus dem kleinen Fenster mit den halb blinden Scheiben. »Ich war ewig nicht hier. Das Haus ist irgendwie geschrumpft. Da oben habe ich immer geschlafen, wenn wir hier waren. Der Lieblingsplatz von Dad und meinem Onkel.«

»Sagt mal, riecht ihr das auch?«, fragte Peter und rümpfte die Nase.

»Es stinkt nach Lösungsmittel«, bestätigte Bob.

Plötzlich schnappte Jock nach Luft. »Wenn man vom Teufel spricht!«

»Von Lösungsmittel?«

»Nein. Von meinem Onkel.«

Peter trat ans Fenster und sah hinaus. Gavin Sterling war zwischen den Bäumen aufgetaucht. Er ging schnurstracks auf das Haus zu. »Was macht der denn hier?«

»Das wüsste ich auch gern.« Jock wollte ins Freie treten, doch Peter hielt ihn fest. »Bleib hier!«, zischte er. »Da ist einer der Einbrecher von gestern Abend!«

»Was? Wo?«

»Hinter dem Baum! Er schleicht deinem Onkel nach. Mit Waffe in der Hand!«

»Wir müssen uns verstecken!«, raunte Bob und sah sich hektisch um, doch das kleine Häuschen bot nicht genügend Platz.

»Nach oben!«, flüsterte Jock. Nacheinander kletterten sie die schmale Treppe hinauf in die Dachkammer und legten sich

flach auf den Boden. Keine Sekunde zu früh, denn schon wurde die quietschende Tür geöffnet.
»Hallo?«, rief Mr Sterling. »Ist jemand hier? Seltsam ... was stinkt denn hier so ...«
Bob, der dem Treppenaufgang am nächsten war, wagte einen Blick hinunter. Sterling drehte eine Runde durch den Wohnraum, schaute aus dem Fenster – und zuckte zusammen. »Verdammt!«
Da flog die Tür auf und Marlow stand im Eingang. Seine massige Gestalt füllte den gesamten Türrahmen aus.
»Mr Linn! Was machen Sie hier!?«
»Sieh an, Mr Sterling, so ganz allein in einer Hütte im Wald. Besser hätte ich es mir gar nicht wünschen können.«
»Wie sind Sie hierhergekommen? Was wollen Sie?«
»Mit dem Auto«, gab Marlow lässig zurück. »Und ich will den Jadekönig.«
»Sie sind wohl wahnsinnig geworden! Haben Sie deshalb letzte Nacht mein Haus in Schutt und Asche gelegt? Weil Sie nach einer Briefmarke gesucht haben? Ich *habe* keinen Jadekönig! Und unser Deal für letzte Nacht war ein anderer!«
»Unser Deal interessiert mich nicht. Sie *haben* den Jadekönig. Es hat keinen Zweck, es zu leugnen. Ich weiß, dass die Marke hier ist.«
»Verlassen Sie sofort dieses Haus und dieses Grundstück!«, forderte Sterling erbost und bewegte sich langsam ein paar Schritte zur Seite, bis er direkt vor der Treppe stand.
Marlow roch den Braten sofort. »Sie möchten also nicht, dass ich nach oben ins Dachgeschoss gehe? Dann nehme ich an, dass Sie den Jadekönig dort versteckt haben.«

»Unsinn!«, schnappte Mr Sterling.
Der Verbrecher würde die Treppe hinaufkommen! Bob war klar: Damit wären sie geliefert. Es sei denn, es gelang ihnen, ihn zu überwältigen. Der dritte Detektiv versuchte, sich lautlos mit Peter und Jock zu verständigen. Doch Sterlings erschrockenes Keuchen lenkte seine Aufmerksamkeit ein weiteres Mal auf das Geschehen am Fuß der Treppe.
Marlow hatte seine Pistole gezückt und sie auf Sterling gerichtet. »Treten Sie beiseite!«

Justus saß auf der Rückbank des Cutlass und schwitzte. Vor ihm auf dem Fahrersitz pulte Rick an seinen Fingernägeln herum.
Marlow hatte entschieden, dass Rick mit Justus im Wagen zurückblieb, damit dieser nicht auf dumme Gedanken kam. Rick nahm seine Pflichten als Aufpasser jedoch nicht allzu ernst. Er hatte das Radio eingeschaltet und warf nur hin und wieder einen Blick in den Rückspiegel, um zu sehen, ob Justus noch da war und sich ruhig verhielt. Der Erste Detektiv tat dann so, als schaute er aus dem Fenster. Doch sobald sich Rick wieder seinen Fingernägeln widmete, fuhr Justus mit seinem Befreiungsversuch fort.
Das Gurtschloss auf der Rückbank wäre bei einer gewissenhaften Fahrzeugkontrolle nicht durchgekommen. Es hatte Teile seiner Kunststoff-Ummantelung verloren. Darunter befand sich der Schließmechanismus aus scharfkantigem Metall. Das Radio übertönte die Geräusche, die Justus beim Durchschaben der Fesseln machte. Er hatte damit schon auf der Fahrt hierher begonnen. Jetzt hieß es, sich zu beeilen! Denn

gleich bei ihrer Ankunft war ihm Bobs Käfer auf dem Parkplatz aufgefallen. Bob war hier, vielleicht auch Peter! Und die beiden hatten keine Ahnung, dass Marlow auf dem Weg zu ihnen war.

Plötzlich ging alles ganz schnell. Die letzten Fasern des Seils rissen und Justus war frei! Jetzt nur keinen Fehler machen. Mit den Händen hinter dem Rücken legte sich Justus das Seil zurecht. Dann stöhnte er vernehmlich.

»Die Temperatur ist spürbar gestiegen, seit wir auf diesem Parkplatz stehen«, sagte er. »Könnten Sie vielleicht das Fenster öffnen?«

Rick warf einen kurzen Blick in den Rückspiegel. »Ist auf.«

»Das andere auch«, sagte Justus. »Für einen steten Luftaustausch.«

»Sonst noch Wünsche?« Rick zog eine Augenbraue hoch, doch dann wurde ihm wohl klar, dass ein wenig Durchzug nicht schaden konnte. Er lehnte sich zum Beifahrerfenster hinüber.

Justus reagierte blitzschnell. Er packte Ricks rechten Arm, mit dem der sich abgestützt hatte, riss ihn nach hinten und wand das Seil um das Handgelenk. Noch vollkommen überrascht versuchte der Mann, mit der Linken nach Justus zu schlagen, doch darauf war der Erste Detektiv vorbereitet. Er packte auch das linke Handgelenk und zog es mit aller Kraft hinter den Fahrersitz. Dann fesselte er die Hände aneinander, so fest er konnte, und fixierte das Seil an einer Stange unter dem Sitz.

Rick war außer Gefecht gesetzt. Seine Füße waren frei, doch mit denen konnte er so viel treten, wie er wollte, befreien würde er sich dadurch nicht. Schnell erlahmte sein Widerstand.

»Marlow zerreißt dich in Stücke, wenn er dich zu fassen kriegt!«, drohte er Justus.
»Ich bin mir des Risikos sehr wohl bewusst«, sagte Justus und stieg aus. »Ich plane jedoch nicht, mich fassen zu lassen.« Er öffnete die Fahrertür und zog Rick das Handy aus der Brusttasche. Dann drehte er die Fensterscheiben nach oben und warf alle Türen zu. Je wärmer dem Kerl wurde, desto weniger Kraft würde er für einen Befreiungsversuch aufwenden.
Das Handy war gesperrt. Doch der Notruf funktionierte trotzdem. Justus verständigte die Polizei. Dann betrat er den Waldweg, den auch Sterling und dann Marlow genommen hatten. Schon nach wenigen hundert Metern war zwischen den Bäumen ein kleines Häuschen zu sehen. Das musste es sein! Justus wollte Marlow nicht zufällig in die Arme laufen, also machte er einen weiten Bogen, um sich dem Haus von der anderen Seite zu nähern.
Er war schon weit gekommen, als er eine Bewegung zwischen den Bäumen wahrnahm. Sofort blieb er stehen. Nicht weit entfernt hockte eine Gestalt. Sie war mit etwas am Boden beschäftigt. Der Erste Detektiv kniff die Augen zusammen. Es war eine kleine Frau mit dunklem Haar. War das vielleicht Jocks Mutter? Was tat sie da? Justus konnte es nicht erkennen. Er überlegte noch, ob er auf sich aufmerksam machen sollte, als plötzlich ein Schuss die Stille zerriss!

In Flammen

Es war nur ein Warnschuss gewesen, um Mr Sterling einzuschüchtern. Doch als er fiel, erschrak Peter so sehr, dass er aufschrie. Bob legte warnend einen Finger auf die Lippen, aber es war zu spät.

»Wen haben wir denn da?«, rief Marlow und kam die Treppe hinauf. »Na, sieh mal einer an! Ihr Burschen seid ja hartnäckig wie Schmeißfliegen. Los, runter mit euch!«

Die drei erhoben sich und stiegen, von Marlow mit seiner Waffe dirigiert, die Treppe hinunter.

»Joseph!«, rief Sterling erschrocken. »Was machst du denn hier? Und ihr zwei ...!?«

»Mund halten!«, herrschte Marlow ihn an. »Ich stelle die Fragen. Was treibt ihr Burschen hier?«

»Wir wollen das Geheimnis des Jadekönigs lüften«, erklärte Bob. »Dem sind Sie ja anscheinend –« Bob geriet beinahe ins Stocken, als er plötzlich über Marlows Schulter hinter dem trüben Fenster den Ersten Detektiv auftauchen sah! »– schon länger auf der Spur«, beendete er den Satz und hoffte, dass Marlow nichts bemerkt hatte.

»Und wieso ausgerechnet hier?«

»Das ist eine längere Geschichte.« Bob machte ein paar Schritte zur Seite. Er tat so, als würde er sich unauffällig zum Ausgang bewegen wollen. Marlow durchschaute das und stellte sich genau vor die Tür. Er schüttelte lächelnd den Kopf und ließ die Waffe sinken. »So einfach mache ich es dir bestimmt nicht.«

»So einfach war es auch nicht gedacht«, erwiderte Bob. Dann rief er: »Jetzt, Just!«
Marlow lachte. »Netter Versuch. Ganz zufällig weiß ich, wo euer Freund Justus –«
Die Tür flog auf und knallte Marlow an den Hinterkopf. Der keuchte vor Schreck, stolperte zwei Schritte nach vorn und fiel über seine eigenen Füße. Dabei ließ er die Waffe fallen.
In Windeseile stürzten sich Jock, Peter und Bob auf den Mann. Als auch noch Justus hinzukam, hatten sie leichtes Spiel. Einer solchen Übermacht war auch Marlow nicht gewachsen.
»In der Küchenschublade müsste Klebeband sein!«, rief Mr Sterling.
»Dann holen Sie es!«, knurrte Peter ungehalten.
Wenig später hatten sie Marlow wie ein Päckchen verschnürt und quer in den Eingang gelegt.
Mit hochrotem Kopf keuchte er: »Ihr werdet euch noch wundern!«
Peter riss einen weiteren Streifen Klebeband ab und pappte ihn dem Mann quer über den Mund. »So«, sagte er zufrieden. »Das hätten wir.«
»Wo ist der andere?«, fragte Bob. »Dieser Rick?«
»Ebenfalls gut verschnürt in seinem Auto«, erklärte Justus.
»Was *machst* du überhaupt hier, Just!?«
»Erzähle ich euch später. Wichtig ist erst mal nur, dass die Polizei unterwegs ist.«
»Die Polizei?« Mr Sterling straffte seinen Anzug und fuhr sich durchs Haar. »Dann solltet ihr vielleicht besser gehen. Ich kläre das schon mit den Polizisten.«
Justus lächelte. »Ich denke nicht, Mr Sterling.«

»Aber es wäre besser für euch. Ihr seid schließlich gestern Nacht schon mit diesem Inspektor aneinandergeraten.«

»Wir haben absolut nichts zu verbergen«, klärte Justus ihn auf. »Im Gegensatz zu Ihnen. Weshalb Sie die Polizei letzte Nacht auch möglichst schnell loswerden wollten.«

»Ich?« Sterlings Blick verfinsterte sich. »Was soll ich denn zu verbergen haben?«

Peter lachte. »Haben Sie vergessen, dass wir gerade noch da oben waren? Wir haben alles mitbekommen, Mr Sterling. Sie kennen Marlow! Sie haben ihn mit Namen angesprochen!«

»Ich ...« Sterling verstummte. »Es ist ... Ich kenne ihn tatsächlich. Ein alter Bekannter. Ich hatte schon gestern die Vermutung, dass er einer der Einbrecher gewesen sein könnte. Aber ich wollte keine Verdächtigungen aussprechen, ohne Beweise zu haben.«

Marlow begann zu protestieren und versuchte, sich durch den Klebestreifen hindurch Gehör zu verschaffen.

Peter sah den Ersten Detektiv fragend an. »Sollen wir Marlow zu Wort kommen lassen?«

»Nicht nötig«, erklärte Justus. »Wir wissen auch so, dass Mr Sterling lügt.«

»Wie bitte? Du nimmst dir ein bisschen viel heraus, junger Mann. Vergiss nicht, ich könnte deine Freunde immer noch diesem Inspektor Kershaw übergeben. Der würde sich sicherlich freuen.«

»Sie bluffen«, sagte Bob. »Wir haben genau gehört, was Sie vorhin zu Marlow gesagt haben. Dass Sie einen *Deal* für letzte Nacht hatten!«

»Du hast dich verhört.«

»Wohl kaum«, sagte Justus. »Sie wurden nicht das Opfer eines Einbruchs. Dafür war Ihr Verhalten letzte Nacht viel zu sonderbar. Sie haben die Polizei weggeschickt, weil Sie sich angeblich selbst ein Urteil über uns bilden wollten. Nachdem Sie uns ›verhört‹ hatten, lehnten Sie unsere Hilfe als Detektive jedoch ab. Beides lässt nur einen Schluss zu: Sie haben etwas zu verbergen. Und inzwischen ist mir auch klar, was. Ihr Deal mit Marlow war, dass die beiden bei Ihnen einbrechen *sollten*! Sie haben sie damit beauftragt, das Türschloss zu knacken und den Tresor zu öffnen. Dafür haben Sie ihnen sogar extra den Tresorschlüssel bereitgelegt. Deshalb befand er sich auch nicht wie sonst in Ihrer Schreibtischschublade.«

»Richtig, Just!«, rief Peter. »Er lag auf dem Bücherstapel. Aber da hatte ich ihn ja weggenommen. Deshalb hat Marlow gesagt, der Schlüssel wäre nicht da gewesen, wo er hätte sein sollen! Es gab also einen verabredeten Ort für den Schlüssel. Nur ... warum hatten sie ihn vorher nicht benutzt?«

»Weil dafür keine Zeit war. Sie kamen unmittelbar vor euch an. Erinnerst du dich? Du hast uns erzählt, der Motor des Cutlass hätte noch geknackt.«

Der Zweite Detektiv runzelte die Stirn. »Aber ich begreife es trotzdem nicht so ganz. Als Marlow den Schlüssel schließlich hatte ... war der Tresor doch leer!«

»Richtig, Zweiter. Der Tresor war leer. Weil Mr Sterling den beiden Gaunern nicht über den Weg getraut hat. Er wollte ja nicht *wirklich* bestohlen werden. Es ging ihm nur darum, dass die Alarmanlage losgeht und er vor jeder Menge Zeugen überstürzt von seiner Lesung aufbrechen und nach Hause fahren kann, um dort die Polizei anzutreffen. Gemeinsam hätten sie festgestellt, dass der Tresor geöffnet wurde. Mr Sterling hätte dann den Verlust des Jadekönigs beklagt und Geld von der Versicherung bekommen. Eine Million Dollar.«

»Das hätte seine Schuldenprobleme beseitigt«, sagte Bob. »Jock hat nämlich ein paar Briefe von der Bank gefunden, Just. Jede Menge rote Zahlen.«

»Doch stattdessen erreichte er den Lincoln Drive und fand euch beide vor. Und seine in Trümmern liegende Einrichtung. Er wusste, dass etwas mächtig schiefgelaufen war. Aber er wusste nicht, was. Nur, dass es ihn den Kopf kosten könnte. Also schickte er die Polizei nach Hause und ließ sich von uns in allen Einzelheiten erzählen, was passiert war, um herauszufinden, wie er aus der Nummer wieder rauskommt.«

»Das sind infame Unterstellungen!«, polterte Mr Sterling.

Justus schüttelte gelassen den Kopf. »Ich habe Beweise gesehen, Mr Sterling. Ihre Versicherungsunterlagen. Es nützt nichts, es zu leugnen. Ihr Plan war eigentlich ziemlich gut. Der einzige Fehler war, Marlow und Rick zu unterschätzen. Die haben nach Erhalt Ihres Auftrags nämlich einen Hacker auf Sie angesetzt und herausgefunden, dass es bei Ihnen wirklich etwas Wertvolles zu holen gibt: den Jadekönig. Außerdem konnten sie die Alarmanlage ausschalten«

»Kein Kunststück, wenn man so dämlich ist, sein Geburtsdatum als Geheimzahl zu verwenden«, sagte Jock verächtlich.

»Den Jadekönig fanden sie trotzdem nicht«, fuhr Justus fort.

Gavin Sterling war bleich geworden. »Aber ... ich habe ihn doch auch gar nicht«, behauptete er ein weiteres Mal.

»Doch«, sagte plötzlich eine weibliche Stimme und Judith Sterling stand in der Tür.

»Mom!«

»Judith! Was machst du denn jetzt auch noch hier!?«

Nur Justus war nicht überrascht. Er hatte die Frau bereits draußen gesehen. Doch nachdem der Schuss gefallen war, war er einfach an ihr vorbeigerannt, um seinen Freunden zu Hilfe zu eilen.

Mrs Sterling ignorierte die drei ??? und ihren Sohn. Sie ignorierte sogar den gefesselten Marlow, der halb im Eingang lag, und stieg über seine Beine hinweg, ohne ihn auch nur anzusehen. Sie fixierte die ganze Zeit ihren Schwager. Ihr Blick war eiskalt. »Ich habe alles mit angehört. Du hättest dich von deiner Villa oder deinem Auto oder deinem lächerlichen Teppich aus handgeknüpfter Seide trennen können, um deine Schulden zu begleichen. Doch deinen Lebensstandard wolltest du natürlich nicht aufgeben. Also hast du dich für Versicherungsbetrug entschieden. Aber dieses Verbrechen interessiert mich gar nicht, Gavin. Nicht dafür solltest du ins Gefängnis wandern. Sondern für den Betrug, den du an Joseph und mir begangen hast.«

»Ich … ich …«

»Bob war letzte Nacht bei mir und telefonierte mit seinem Freund. Dabei fiel das Stichwort Jadekönig. Ich war wie vom Donner gerührt. Ich wusste sofort, woher du diese Marke hattest!«

»Du … du …«

»Paul hat sie besessen. Er bekam sie geschenkt. Von …« Judiths Blick flackerte zu ihrem Sohn und sie stockte.

»Es ist in Ordnung, Mom«, sagte Jock. »Ich weiß Bescheid. Ich kenne den Brief von Christopher Escott.«

»Du kennst ihn?«, hauchte Judith überrascht.

»Seit einer Stunde.«

Für einen Moment war Jocks Mutter verunsichert und irritiert.

»Dann weißt du auch, was dein Onkel getan hat.«

»Er ist durch die Ruine unseres Hauses gelaufen, nachdem es abgebrannt war. Er hat den Jadekönig in Dads halb verkohlten Sachen gefunden. Und an sich genommen. Du hast dann später Escotts Brief gefunden. Aber nicht den Jadekönig. Du dachtest natürlich, er wäre verbrannt. Aber das war er nicht.«

Jock sah seinen Onkel mit unverhohlener Verachtung an. »Du bist das Allerletzte.«

Es schien Mrs Sterling unendlich zu erleichtern, dass ihr Sohn die Wahrheit kannte. Mit neuer Entschlossenheit drehte auch sie sich zu ihrem Schwager. »Hast du eine Ahnung, wie es ist, alles zu verlieren, Gavin? Weißt du, wie es sich anfühlt, wenn dein Haus in Flammen aufgeht und mit ihm dein ganzes Leben? Wenn du deinen geliebten Partner verlierst? Und weißt du, wie es ist, wenn du zehn Jahre später herausfindest, *dass der Mensch, der dir eigentlich hätte helfen sollen, dich stattdessen hintergangen und nach Strich und Faden belogen hat!?*« Die letzten Worte hatte sie geschrien. Die drei ??? waren wie erstarrt. Diese kleine und unscheinbare Frau war von einer Minute auf die andere von glühender Wut erfüllt.

»Judith, ich –«

»Ich besaß nichts mehr! Und du hast dir eine millionenschwere Briefmarke unter den Nagel gerissen. Die mir zugestanden hätte. Die Joseph und ich so dringend gebraucht hätten. Ich … ich …« Wuttränen liefen ihr über die Wangen. »Du wirst es niemals nachfühlen können, Gavin. Nicht annähernd. Du bist zu Mitgefühl gar nicht fähig. Aber ich kann dir eine Idee davon geben, wie es war. Eine ganz klitzekleine.« Sie zog ein Sturmfeuerzeug aus der Tasche und ließ es aufflammen. »Na, ahnst du schon was?«

Und plötzlich wurde Bob klar, warum es hier die ganze Zeit nach Lösungsmittel gerochen hatte. »Mrs Sterling, nein!«, rief er.

Doch da warf sie das Feuerzeug auf die unterste Treppenstufe und das spiritusgetränkte Holz fing sofort Feuer. Die Flammen loderten hoch und hatten nach drei Sekunden den Aufgang zum Dachboden eingehüllt.

»Nein!«, schrie Mr Sterling und stürzte zur Treppe. Die Flammen waren jedoch schon so hoch, dass die Hitze ihn wieder zurücktrieb.

Der geknebelte Marlow zappelte und wimmerte mit angstgeweiteten Augen.

»Raus hier!«, brüllte Peter. Gemeinsam mit Jock und Bob wuchtete er Marlow nach draußen, während Justus ein Auge darauf behielt, dass auch Mr Sterling und Judith sich zügig in Sicherheit brachten.

Als sie alle in sicherer Entfernung im überwucherten Garten standen, schlugen die Flammen aus der Tür. Die Fensterscheiben zersprangen. Sterling, der erneut ein paar Schritte auf das Haus zu gemacht hatte, blieb endgültig stehen und blickte wie erstarrt auf das Inferno. Er konnte sich nicht abwenden.

»Ich rufe die Feuerwehr«, sagte Justus und zog sein Handy aus der Tasche.

»Das nützt jetzt auch nichts mehr!«, brüllte Sterling verzweifelt.

»Ich will einen Waldbrand verhindern«, sagte Justus.
»Der Wald ist mir scheißegal, ihr Dummköpfe!«, schrie Sterling. »Begreift ihr denn nicht? Der Jadekönig! Er ist da drin! In einem Versteck in der Dachkammer!«
Peter keuchte erschrocken und starrte erst Mr Sterling und dann das Haus an.
»Was sagst du da?«, rief Judith entsetzt und machte nun ihrerseits einen Schritt auf das Haus zu, aber das Feuer zwang sie augenblicklich zurück.
Da leckten die ersten Flammen aus dem kleinen Fenster im Dachgeschoss. Augenblicke später brannte alles lichterloh.

Das Geheimnis des Racheengels

Die Feuerwehr kam schnell, aber für das Haus war es längst zu spät. Nachdem die letzten Flammen erloschen waren, ragten nur noch ein paar qualmende Balken aus der vom Löschwasser aufgeweichten Erde. Vom Rest war nichts mehr übrig.

Während des Wartens hatte Mr Sterling anfangs noch getobt und seine Schwägerin angeschrien. »Du geisteskranke Kuh! Hast du eine Ahnung, wie ... Bist du vollkommen irre geworden!?«

Der Racheengel, in den Judith Sterling sich vorher so urplötzlich verwandelt hatte, war genauso plötzlich wieder verschwunden. Sie hockte auf einem Baumstumpf, starrte zwischen ihre Füße und ließ die Anschuldigungen ihres Schwagers über sich ergehen. »Ich wollte doch nur ... Ich wollte, dass du etwas verlierst, was dir wichtig ist! Ich wollte dir wehtun, Gavin, aber ich konnte doch nicht ahnen, dass du den Jadekönig ...«

Jock wiederum stellte sich verteidigend vor seine Mutter. »Du hast die Marke geklaut und uns zehn Jahre lang angelogen! Und du wusstest genau, was du tatest! Jetzt machst du Mom Vorwürfe!?«

»Nun mal langsam, Freundchen, wer im Glashaus sitzt, sollte nicht mit Steinen werfen. Du wolltest deinen eigenen Onkel bestehlen!«

»*Du* hast *uns* bestohlen, du erbärmlicher Versager! Ich wünschte, Mom hätte deine Villa angezündet, nicht diese Hütte hier!«

Erst als die Polizei kam, endete der Streit. Die drei Sterlings, die drei ??? und die beiden Gangster wurden unabhängig voneinander befragt. Es dauerte lange, bis alles zu Protokoll gegeben war und sie den Ort des Geschehens verlassen durften. Justus, Peter und Bob konnten nach Hause fahren. Marlow und Rick wurden wegen Einbruchs und gewaltsamer Entführung festgenommen. Ebenso Mr Sterling wegen Versicherungsbetrugs. Und Jocks Mutter wegen fahrlässiger Brandstiftung. Jock begleitete sie.

In Bobs Käfer fuhren die drei Detektive gemeinsam zurück nach Rocky Beach. Als sie den Schrottplatz erreichten, schlug die Müdigkeit zu. Die letzte Nacht, der aufregende Vormittag und der schreckliche Brand und seine Folgen waren nicht spurlos an ihnen vorübergegangen. Eigentlich galt es noch, den Pick-up vom Hafen und Peters Rad aus der Montebello Road abzuholen und sich um den MG zu kümmern, der noch immer im Lincoln Canyon stand. Doch sie beschlossen, all das auf den morgigen Tag zu verschieben.

»Hoffentlich hat deine Tante keine Arbeit für uns, Justus«, murmelte Peter, als er aus dem Wagen stieg.

Doch stattdessen hatte Tante Mathilda Kirschkuchen gebacken und war sehr großzügig damit, ihn an die drei Jungen zu verteilen. Als sie schließlich gesättigt auf der Veranda saßen und ihre Gesichter mit geschlossenen Augen in die Nachmittagssonne hielten, fragte Bob leise: »Haben wir versagt?«

»Weil wir den Fall zwar gelöst haben, den Jadekönig aber nicht retten konnten?«, erriet Justus seine Gedanken.

»Ja.«

»Wie hätten wir das verhindern sollen?«, fragte Peter. »Aber es ist natürlich tragisch. In dem Moment, in dem alles ans Licht kommt, ist es auch schon zu spät. Wenn Mrs Sterling nicht die Sicherungen durchgebrannt wären ... Aber ich kann sie sogar verstehen. Ich an ihrer Stelle hätte dem Typen auch die Bude anzünden wollen, glaube ich.«

»Peter!«

»Dass Sterling den Jadekönig aber auch ausgerechnet in diesem blöden Wochenendhaus verstecken muss«, sagte Bob. »Ob die Versicherung am Ende womöglich doch zahlt? Immerhin war die Briefmarke auch gegen Feuer versichert.«

»Nach der Vorgeschichte?«, zweifelte Justus. »Wohl kaum. Außerdem bezieht sich die Versicherung nur auf Sterlings Villa, nicht auf das Wochenendhaus.«

Peter beschirmte seine Augen mit der Hand und nickte zum Eingangstor hinüber. »He, das ist doch Jock!«

»Und seine Mutter«, staunte Bob.

Justus erhob sich, ging quer über den Schrottplatz und ließ die beiden herein. Mrs Sterling sah mitgenommen aus und setzte sich auf Einladung des Ersten Detektivs müde zu ihnen auf die Veranda. Als Justus für Jock einen Stuhl aus der Küche holen wollte, winkte dieser ab. Er lehnte sich an das Geländer und verschränkte die Arme. Die drei ??? sahen ihm an, dass es in ihm brodelte.

»Wir kommen gerade von der Polizei«, sagte er wütend. »Die Vernehmungen haben ewig gedauert. Mom wird sich verantworten müssen für die Brandstiftung. Und nicht nur dafür. Onkel Gavin ist mehrmals durchgedreht wegen der Briefmarke. Stellt euch vor: Er hat angedroht, dass er sie vor Gericht bringen will.«

Peter war fassungslos. »*Er* will *Sie* verklagen, Mrs Sterling!? Das ist ja wohl ein Witz!«
»Damit wird er nicht durchkommen«, war Justus überzeugt.
Judith Sterling zuckte mit den Schultern. »Wir werden sehen. Aber das soll nicht mehr eure Sorge sein. Eigentlich sind wir nur hier, weil Joseph euch etwas sagen möchte.«
Jock warf ihr einen kurzen vorwurfsvollen Blick zu, doch dann entspannte er sich. »Ja. Stimmt. Ich möchte mich entschuldigen. Vor allem bei dir, Peter. Ich habe dich auf dem Skatepark nur angesprochen, damit du mir mit deinen Dietrichkünsten hilfst. Wegen meines Onkels tut es mir kein bisschen leid. Aber dich habe ich eiskalt ausgenutzt. Sorry.«
Peter seufzte. »Sorry angenommen. Ich habe ja auch etwas gelernt. Auf meine Zweifel zu hören, zum Beispiel.«
»Wie geht es nun weiter?«, wandte Justus sich an Mrs Sterling.
»Ich nehme meine Strafe für die Brandstiftung an, wie immer sie ausfällt«, sagte Mrs Sterling gefasst. »Ich glaube nicht, dass ich dafür ins Gefängnis gehen werde.«
»Eine saftige Geldstrafe wird's wohl werden«, sagte Jock. »Ich fange schon mal an zu sparen. Schließlich ist diese ganze Katastrophe auch meine Schuld.«
»Das ist lieb von dir, Joseph. Aber die Katastrophe hat auch ihr Gutes.«
Jock lachte bitter. »Was denn, bitte schön? Dass wir fünf Sekunden lang im Besitz des Jadekönigs waren, bevor er dann wirklich verbrannte?«
Mrs Sterling schüttelte den Kopf. »Wir sind zehn Jahre lang ohne diese Briefmarke klargekommen. Wir werden es auch

weiterhin tun. Dafür sind heute eine Menge Lügen ans Licht gekommen. Und die Wahrheit ist doch immer besser, auch wenn sie erst mal schmerzt, findest du nicht?«

»Es gibt auch Wahrheiten, die überhaupt nicht schmerzen«, sagte Justus. »Finden Sie nicht, dass Sie uns einweihen können, Mrs Sterling? Das enttäuscht mich ein wenig.«

»Wie … wie bitte?«

»Justus!«, zischte Peter. »Wovon redest du?«

»Ich rede davon, dass Mrs Sterling uns gerade ein entscheidendes Detail vorenthält. Ich kann Ihre Gründe verstehen, Mrs Sterling. Je weniger Leute davon wissen, desto besser. Aber ich versichere Ihnen, dass von uns keine Gefahr droht.«

»Just, wovon *redest* du?«, fragte Peter nun laut.

»Das wüsste ich auch gern«, sagte Jock.

»Davon.« Justus griff in seine Jackentasche und zog ein kleines Zigarrenkästchen hervor.

Mrs Sterling schlug sich die Hand vor den Mund und erblasste.

»Mom …?«, fragte Jock alarmiert. »Was ist hier los?«

»Ich … Woher …?«

»Ich habe Sie zufällig dabei beobachtet, wie Sie das Kästchen im Wald verbuddelt haben«, sagte Justus. »Während die Verhöre liefen, hatte ich Gelegenheit, es wieder auszugraben.«

»Als du angeblich pinkeln gegangen bist?«, entfuhr es Bob.

Justus nickte grinsend und klappte das Kästchen auf. Darin lag eine Briefmarke.

»Der Jadekönig!«, riefen Bob und Peter gleichzeitig. »Aber … aber wie …«

»Sie wussten aus dem Brief, dass Ihr Mann die Marke besessen hatte. Zehn Jahre lang hatten Sie geglaubt, sie wäre verbrannt.

Doch dann stand Ihr Schwager letzte Nacht vor Ihrer Tür und machte Ihnen Vorhaltungen. Sie wussten durch uns, dass es irgendwie um den Jadekönig ging, und fühlten ihm auf den Zahn. Dabei verhielt er sich so sonderbar, dass Sie Verdacht schöpften. Heute früh fuhren Sie zum Wochenendhaus, um diesen Verdacht zu überprüfen. Und tatsächlich: Gavin Sterling hatte die Marke an einen sicheren Ort gebracht, nämlich in ein Geheimversteck im Dachgeschoss des Wochenendhauses, in dem er als Kind immer mit seinem Bruder gespielt hatte.«

»Mom!«, rief Jock ungläubig. »Ist das wahr?«

Mrs Sterling nickte. »Dein Vater hatte mir das Versteck mal gezeigt. Und dann fand ich die Marke tatsächlich darin! Und mir wurde alles klar. Der ganze Betrug. Die ganze riesengroße Lüge.«

»Und dann sind Sie auf die Idee gekommen, es Ihrem Schwager mit gleicher Münze heimzuzahlen. Das Haus anzuzünden und ihn glauben zu lassen, die Marke wäre verbrannt. Dann hätte er Ihnen die Marke auch nicht mehr streitig gemacht. Das war jedoch ein gefährliches Spiel. Bei dem Brand hätte auch jemand zu Schaden kommen können.«

»Ich hatte die Situation im Griff«, behauptete Mrs Sterling.

»Und was ist mit mir?«, fragte Jock erschüttert. »Wolltest du vor mir etwa auch alles geheim halten?«

»Nein, Joseph, natürlich hätte ich dir die Wahrheit erzählt.«

Jock brauchte einen Moment, um die neue Information zu verarbeiten. Dann dämmerte die Erkenntnis. »Aber ... aber dann sind wir ja reich!«

»Noch nicht«, sagte Justus grinsend und hielt das Kästchen

hoch. »Bislang ist das hier nur ein Fetzen Papier. Aber glücklicherweise kennen wir jemanden, der bereit wäre, Ihnen dafür eine Million Dollar zu zahlen.«

Ein plötzlicher Windstoß fegte über die Veranda und der Jadekönig machte in dem Kästchen einen kleinen Hüpfer. Schnell klappte Justus den Deckel zu.

»Du rufst besser sofort Leopold Nelson an«, sagte Bob und lachte nervös. »Solche Briefmarken leben gefährlich. Feuer, plötzliche Windstöße, Regen, Nagetiere ... Die natürlichen Feinde des Jadekönigs sind zahlreich.«

»Was meinen Sie, Mrs Sterling?«, fragte Peter. »Sollen wir den berühmten Briefmarkensammler zu einem Stück Kirschkuchen einladen? Onkel Titus würde sich sicher auch freuen.«

Judith Sterling lächelte. »Einverstanden.«